一樹

大畑善昭句集

コールサック社

序

能村研三

序

「沖」主宰　能村　研三

私にとって大畑善昭さんは兄弟子にあたる。私と同じ干支の丑年で一回り上の先輩である。大畑さんに初めてお目にかかったのは昭和四十六年の夏、私は大学生で北海道を一人で旅した帰り父登四郎と青森で落ち合って竜飛岬、尻屋崎を巡ったあと花巻の大畑さんを訪ねた。大畑さんもまだ三十代前半の青年で、古くから続く自性院の副住職を務めておられた。この頃はまだ遠くに早池峰山が眺めることが出来る田畑が広がる田園にやや朽ちかけたお寺が建っていた。この時大畑さんは岩手県に在住の「沖」の会員を集め岩手支部を立ち上げていただき「はやちね」というガリ版ずりの会報を出しておられた。その会報も一号ごとに綿密な編集で地域に根差した青年俳人の思いが溢れる内容であった。

今回の句集『一樹』の中に

来世また登四郎の弟子冬霞

という句がある。登四郎が亡くなる四、五年前の句であるが、登四郎が大畑善昭さんの第一句集『早池峯』の序文の文頭で、

〈大畑善昭さんの句集の序文を書くことができるのが何より嬉しい。今でこそ大畑善昭は「沖」の主要同人で私の愛弟子のひとりであるがその出会を考えると前世からの絆がつづいていたようなそんな運命的なものを感じる。〉

とやや高揚気味な一文で始まることからも、大畑善昭さんと登四郎の出会い、深い師弟関係が大きな絆で結ばれていたことがわかる。

平成十三年登四郎が亡くなった時には、大畑善昭さんは敬愛する師の逝去を悼み次の句を詠んでいる。

短夜の痛棒として訃報来る
夏菊一輪従容の師へ手向く
汗の身の言葉つつしみ骨拾ふ
朴の花黙契のこと遺されて

私にとっても大畑さんは兄弟子としてこれまでいろいろお世話をいただいた方で、まだ新幹線が通っていない頃、夜行で雪の花巻を訪ね、遠野へ連れていっていただいたこともある。私の俳句人生を遠くからあたたかく見守ってくれる一人である。

大畑さんにとって今回の第二句集『一樹』は、昭和五十三年より平成二十二年まで、三十二年間の俳句を纏められたもので、本句集に合わせて評論集も同時に刊行されると聞いている。これまでの大畑さんの俳句人生のあらましを結集し、撰修されたエネルギーには筆舌に尽くしがたいものがある。

本句集及び評論集を纏められたことは、先師登四郎も天上から喜んでいることだろう。この句集の上梓を機会に健康に留意されながらも益々句作に励まれることを望みたい。

平成三十年十一月二十日

序　能村研三

一章　口伝　昭和五十三年～平成元年

二章　千古　平成二年〜平成八年

三章　火脈　平成九年～平成二十二年

句集

一樹

一章　口伝《くでん》

昭和五十三年〜平成元年

稲架の脚

昭和五十三年

薄雪草うすきひかりを霧籠めに

山の夕焼血膨れの蚋こぼし

小梅蕙草群落の白尾根暮れて

雲海の解けしは艶の薬師岳

西方の山が淋しい猫じやらし

草を取る僧なり韮の咲く日々も

山里の南無仏与仏蕎麦刈られ

山襞の照りへ踏んばり稲架の脚

にんにくを蒔く百粒に百の穴

藁を焼く十日の無風北上川

声出して朝のさむさの懺悔文

思惟仏

昭和五十四年

沐浴や爪半月のほかは枯れ

諸ふも抗ふも雪来つつあり

綿虫か雪片か茶毘終るころ

向脛打つて悪日山眠る

寒風の淋しきところ胸板は

枯切って山窪茶毗の煙出

雪を待つ家のめぐりに縄の瘤

一夜寝て一撃に来る雪かとも

藁を打つ音の通ひてみな冬木

狐火の昨夜の道を灯を提げて

一月も半ばの雀老ゆる気配

冬半ば過ぎし思ひの一雨待つ

この冬の雪の少なに思惟仏

一羽啼く雉を四温の始まりに

らふそくの燃え屑ふやし春を待つ

をとこらよ三月は肩さみしくて

円形にみちびいていま野火の海

忙中に見し初蝶をその後見ぬ

仏具屋に塔婆をたのむ蝶出でて

水芭蕉山中は日のこまやかに

北上川青み耕人青みたる

声出してをとこおどろく萌黄山

三葉芹ときには雉の擬傷など

第一句集『早池峯』出版 祝賀会

つばくらやけふ一芸に慈父兄姉

朝始まるもつとも先を田螺みち

花茨とろとろと耕疲れなる

梅雨出水人のかたちに樹が流れ

どくだみの花の百本眠るは死

蟻の列朴若ければ天辺まで

鞭愛す少年に霧おびただし

諾ふは与《くみ》するに似て夜の水鶏

北に王あり穀象はみな北へ

盆近づき川風のまた殖ゆるらし

炎帝は渚渡りに衰へつ

みぞそばの花の荘厳まつさかり

大将のこほろぎ千のこゑの中

秋は木の根方がほのと笑ひゐむ

口伝かなあの蜩の反復は

煙草干す人の皓歯に道恃む

稗抜きし両手南無仏オビンヅル

葛咲いてむかしころりと人の首

韋駄天の婆が四五里に萩咲かす

水引草石か羅漢かもたれ合ひ

六角牛山霧にて日暮少し笑む

ねこぐるま押して花野を家に着く

婆が祖の修験の文書夕ひぐらし

曲家に曲りて眠り明易き

十王の子好き一王桃熟るる

飢餓の碑と荒壁青嶺囲ひなる

汗し掻く葉たばこ目鼻滂沱たる

今朝獲りし魚焼く夏炉あをく焚き

明日も刈る砥石を月の田に寝かす

祭来る朱塗膳椀蔵にあり

かなかなや童子童女の間引子に

赤松のあたり澄めるを秋気とも

岩跳ねて来し一濤に秋の冷

鳥渡る燈台いよよ白づくめ

鵙日和段畑に空きつちりと

伊良湖岬　十句

あまがきは盗まず貰ふ畠村

蓑笠のむかしの路を草の花

小さくて温くて秋日杜国墓碑

秋草にきのふの雨の三河湾

一望が一条の白秋渚

青北風や志摩を隠せる潮けむり

岩陰は秋の日だまり鵜が溜る

鳥渡る空腹いつか玲瓏と

声あげて海が夜に入る秋あざみ

田植寒

昭和五十五年

夜のとばり簗崩したる水音に

雁を見るべし月明に目を馴らし

新藁に卵産みたくなりし鶏

桑の木の瘤々に穴小鳥来る

肩叩き合ふさまに枯れ原生林

大根の皺に午後の日ながばなし

枯れし後の何待つてこの長丁場

冬日濃き障子に白といふ自在

来る雪をここからは腰据ゑて待つ

北風へ出て鳥ならば翔ぶ法衣なる

咳をして読経一字二字こぼす

悪寒ありそのとき葱の黒づくめ

二声まで数へてきつね子の寝どき

雪捨てしこの身ばらばら寝て痛む

粥を煮てあればときをり雪煙

子よそこは危ふし屋根の雪落つる

日暮にて晒木棉のやうな雪

啓蟄の日や綿虫の舞ひしのみ

樒の木をよぎる太陽雪解どき

鳶啼いて切干のいま半乾き

こそばゆきものの初めに蝌蚪の水

陽炎の濃くて一村ぐらりとす

子の頬に白戻る冬去りしかな

マッチ擦って草焼く闇に顔浮かす

藪つばき径おのづから杉山へ

痛棒のごときを腰に耕疲れ

いま降りしばかりの翼水芭蕉

蝌蚪の群驚天動地つひになし

朝早き田螺が一つ抜手切る

塗箸の先を湯に入れ田植寒

巣造りの蜂にて強気見せぬなり

閑古鳥臼一つ減り二つ減り

鉢合せして身を退きぬ鈍《のろ》の蛇

僧房へ雌雄は知らず黒揚羽

大足の光太郎を連れ蝶が来る

咲き初めし萩に声あり智恵子抄

一人づつ三人が来て泉に眼

山百合の腰高ければ詩碑青め

光太郎山居古ぶを黒揚羽

昼寝少し寝過ぎてあれば葉騒かな

草取の蹲踞土葬は無くなりぬ

おどろともならず秋立つ河童淵

墓碑銘の院殿ほたるぶくろかな

雨一夜づつを蟋蟀増ゆるらし

波のやうな冬日礫の雀たち

間引菜の汁の上澄み四十代

榧の実の筵のどれかくすと笑む

葱甘くなる川風に冷えが乗り

賢治忌の爆けはじめし豆を打つ

語気荒く飛んで浜びと秋日和

亡き兄の畏友が柚子の熟るる家

曼珠沙華手折らば海の荒るるらし

夜攻めとも見えて烏賊火が沖焦がす

にじり来し海霧《じり》湯豆腐の家つつむ

浮き鷗行者のさむき貌をせり

岬鼻ばかり三陸鳥渡る

鳥渡るかな水搔を身につつみ

猟期

昭和五十六年

茶が咲いて昼月何んとなく薄る

山々は雪の円陣塩買はむ

猟期にて血をもつものら狙はるる

山眠る翔ちてつぶての雀らに

雪嶺はたをやかにいま午過ぎし

活けてすぐ凍る仏花をいかんせん

四温光こがらやまがら通るなり

雪しづくして剛の松柔の杉

戸障子や三日伸ばしに屋根の雪

居据わるも待つも大寒半ばごろ

ここいらが冬の出口か雪目盛

待つもののことぶれとして陽炎は

いのち青からむ綿虫耕二亡し

恋猫よ星空に縦も横もなし

啓蟄のまづ蜘蛛が出て十日ほど

余寒なほ杭のごときを心にも

綿虫の輪崩れを来て胃の透視

一病やそろそろ蝶の出でし頃
けふ消えし雪見をさめに雪目盛
梅ふふむベッドに手足そろへ置き
陽炎は濃かり子にいま会ひたしや
草青む生きて一病道ゆきに
田螺出てよりの濃き星渋民は

かりがねの去りたる空を身がそよぐ
夕つばめ白き手足を羞ぢらへば
妻帯やうつぎの花の白をもて
梅若葉いのちより笑みこぼす嬰
蛇苺子の失せものの出ずじまひ
ででむしの渦の入口太宰の忌

独活掘りの半身渓にあづけ来し

中年のここいらが坂みちをしへ

胃は寧し青芒原なびくとき

夏つばめ水押して水迅きかな

はだかにて蒼茫はわが齢にも

梅干して二夜は夜気の密に過ぐ

手がうごきゐて一心に葡萄食ぶ

鬼百合をくぐりくぐりて腰痛む

今朝秋の木魚打ちたる手の痺れ

中年やすずやかに蛇横切らしめ

黄泉路また萩の谺に遊ぶべし

天道虫は日の歓喜虫葉をにじり

朝霧のなか衆を出て個の鴉

山河なり夕日とろりと通草の実

どの山のどの襞も見え茸どき

遠目には白にぼやけて鳥渡る

朴の木を美貌と見しに嚏せり

牛の視野よりセーターの二人来る

真向ひの山へ修羅ぶり芒の穂

硬骨漢らし露を来る牛飼は

開拓の今は二代目赤かぶら

サイロより出で唐辛子いや赤し

身を擦つて牛が痒がる秋西日

遠目せる牛よもうすぐ雪来るや

うごき出すべし棒稲架に閑あらば

母が田にゐて日暮には緋の紅葉

鳥の群また鳥の群火を焚けば

浮寝鳥いま波影も真赤にて

ひつじぐさ

昭和五十七年

拳骨の父よ豆柿落ちつくし

手違ひのことをそのまま鵙日和

小鳥来て鏡のあちらこちらに樹

朴枯れて呵々大笑の羅漢なる

粉雪にて医師をつらつら疑ひぬ

歳末の楽かるがもは岸離れ

雪篦を使ひしばらく深吐息

雪囲ひして世を隔てゐる思ひ

今日も見て微塵の創もなき雪田

近隣や深雪に道をつなぎ合ひ

今日何もなく綿虫も消えむとす

梅白しいま月光の泳ぐほど

木の間より兎が跳ねて涅槃の日

集まつて綿虫激論かも知れぬ

雪解川乱調秩序うちまじり

やまびこがゐて山窪に雪少し

声出してすぐの谺が春の山

春の雲山かげに道つづきゐて

詫びごとを冒頭におく梅だより

胡葱《あさつき》のみどりを踏みし遊山かな

宝徳寺

墓ひとつ足りぬと蝶の引返す

一輪草しぶたみは風美《うま》し村

耕しの一鍬へまづ息詰めし

北上川無韻おぼろを濃く流し

往き復見て猿ヶ石川青みけり

冷酒や夜雨に鍬を忘れおき

耕して寝返りにさへ身の痛み

花菖蒲戒名の語句たちのぼり

燕その喉のあたりの緋こそよし

六月の口つつしめば杉檜

母何も言はずに逝けり茅花の穂

ひつじぐさ二日眠りて母逝きぬ

小さくて軽くて母よもう涼し

水の実をつくりこの世に母をらぬ

夕焼けてをらむ黄泉ゆく草鞋にも

下刈の孜々とはげめり眼は窪み

コップより水が泌み出て夜の蟬

亡き父の肩の筋肉てぐす虫

咲き初めし萩をはじめに諷誦文

閼《あ》伽《か》汲んで一樹いつしか秋の空

一昨日はすでに茫たり萩を結ひ

飛ばし読みかもあの蟬のまた鳴きは

寝ると決めては起き出して天の川

はじけ出て神の微笑の丹波栗

一字一石経塚秋日草のなか

絵筆もつなら夕焼の船・礁《いくり》

身の秋の何捨てて白浮き鷗

一樹

昭和五十八年

稲背負ひ立つに夕日へ四つん這ひ

落葉終りたる山中につねの瀧

綿虫をつけて枕経読みにゆく

まだ揺れてをり白鳥の過ぎし空

個性派の来て裸木の景緊まる

藁塚よ村の全景見飽くまで

茎漬や木の名鳥の名知りつくし

困る日の顔に綿虫つけて行く

声殺すすずめずんずん雪降れり

枯木に日差す諳んずる経のごと

どか雪と知らずその夜を深眠り

集まつて綿虫強気とほすらし

呼び馴れし山を東に春を待つ

風花や人のをはりを火に終り

なかたがひして陽炎の端帰る

十能の火が涅槃会の中通る

恋猫よ日暮はどこも汚れゐて

日輪も濡れて通りぬ雪解の碑

春近しことに羅漢の相好は

木には木の貌陽炎がぐらぐらす

雪解じくじく雀の木鴉の木

薄氷にからすのこゑが百以上

前方の山に影ある蝶の昼

野を焼いて昼飯どきを酒すこし

悪友と十年会はず野火叩く

宝徳寺まで蝌蚪の水蝶の風

山二つ歌碑一つ村陽炎へり

岩手山まぶしや雪をまだ脱がず

恃むこと妻に多くて啄木忌

燕来る古き校舎の屋根を恋ひ

花盗人を月光に許しおく

燕来て鬢髪に白まじりたる

風熄みしとき牡丹のしづかな威

ぜんまいの綿のずぶ濡れ乱気流

一事に腰据ゑ雨牡丹風牡丹

牡丹散りその四五日の花骸

柳絮まだ飛べぬ太陽のつと出て

ひもじさの夕づくころを野の茨

抱卵の雉子は遁げたり草刈られ

訃や朴の空にも痛みはしりけり

青田まだ雲の映れる隙間あり

山ぼうし深閑たるに日照雨せり

梅干してその夜みしみし家歩く

鍋・杓文字・炎天を来し眼が馴れて

巨き手の榾折りくべし夏炉なる

揚羽来て栗鼠来て山居光太郎

野は風の炎ゆつくりをとこの歩

三伏の夕日あふれて外厠

紫蘇畠まで重信の死と歩む

草田男を悼めば湧いて雲の峰

杜鵑草径下りず湖見て返す

あをざめし一樹が毛虫殖やしをり

朝涼の蚯蚓と見しが機敏なり

にはたづみ空のいちめん穂草にて

稲妻の抱きすくめたる朴一樹

蒲の絮飛びこれ以上待てぬ約

刈上げの餅にも招ばれ名づけ親

何の木の下を潜りし虫刺され

長手紙

昭和五十九年

蛇穴に入りしや空に音もなし

冷まじや坐して物書く膝二つ

雪の来し壁より二十日鼠の眸

あまた鳴く虫秒刻み分刻み

おほばこの種紛る泥考古学

露白し妻に老い母老いし父

栗落ちてしばらくは日に浮き心地

通りすがりが騒動のすずめ蜂

芋煮会親しくて悪しざまに言ひ

麦の芽は青き針の穂サーカスへ

悼・沢藤紫星氏

逝けるとは知らで霜夜を長手紙

枯温《ぬく》く句集一つのさやうなら

紫星亡き枯山河この明るさは

人の死は小さし白鳥渡り来て

枯山に針の目ほどの悼みの灯

遠山の雪の香と来て薬売

家うしろよりの小流れ三十三才《みそさざい》

弔ひを戻りてよりの井戸囲ふ

気位の高みに群れて綿虫は

白鳥の列校庭に誰もゐぬ

月の半分太陽を見ず川・氷湖

明け暮れの雪掻つひに弱音吐く

日々雪の飲食を湯にほぐす妻

他意なくて猫の尾を踏む四温の日

豆を煮て雪嶺は蠟づくめなり

川一つ跳び陽炎に紛れけり

六根をゆつたりと入れ春の空

くるひ降る雪をなだめて泉あり

腹這ひに寝て雪の夜を泳ぐやう

押問答らし綿虫の群れゐるは

趺坐せるにしばらくは身を雁の空

一雪嶺赤子湯浴みしごとく立つ

綿虫ともう少しゐて去るつもり

陽炎に透けるおとがひ妻は持つ

柿の蔕《へた》煎じて冬の長かりき

手首足首さみしくて春はじめ

木が傷み人傷み冬をはりけり

鈴あまた振り壮年のあせびの木

芽吹山より山彦のすぐ返る

罪深きものに文芸鳥ぐもり

一輪草一輪づつに風ありぬ

陽炎のまんなかを来て宝徳寺

抱卵のうみねこ島を糞ぐるみ

椿の木指し「あれあそこまで津浪」

和へごろの土筆と思ひ津浪の碑

百穴は丘の複眼夏つばめ

葛の花垂れ小さきは子の古墳

祖の魂のいまに涼しと光苔

蚊吸鳥むかしは真闇怖かりき

遠き祖のとほき炎天鑿の音

いつ破れし障子と知らず黒揚羽

聲明を諳んじをりぬ袋蜘蛛

靭草まで子と駈けて息切らす

静謐の足二つ置き昼寝人

盆僧の来て紫蘇畠の婆を呼ぶ

豊の秋賢治は伏目慕はれて

虫の海ともそのうちに眠りけり

新小豆東方朔の日々晴れて

ふかぶかと山に秋の日化仏かな

鮎こぼれ天網も秋深むらし

下り簗見て来しは身もさざなみす

風よりも水が温くて秋の簗

鮎一尾二尾にて簗も解かれどき

鮎錆びしより細りゆく日輪も

雨情居の裏の板塀竹涼し

昼顔や歌ひ継がれて雨情の詩

夾竹桃早出の漁船戻りけりけり

勿《な》来《こそ》にてみんなと別れ芒の穂

山ざくら

昭和六十年

手を伸べしごとき川波白鳥来

日や風やからすに知恵の埋め栗

根雪来るまでの静けさ木といふ木

だみごゑの白鳥と決め飛来待つ

あと十日晴るる日が欲し冬用意

この畑を眠らす菜屑埋めけり
雪となるらし胃の痛むさまに空
父たちの生きし哲学冬深む
しづまりて枯山一声だに拒む
綿虫の輪を抜け思ひ出せぬこと
三歳児なり雪掻も父の真似

寒泉のひびき遠くに師が在す
励むものには刻は舟三寒へ
粥を煮てしぶり太りの氷柱なり
雪掻いて来し上半身湯気ぐるみ
日脚伸ぶ寺に天上薬草図
叱るより諭せと涅槃像の黙

鐘を撞く雨水の山の雪へこそ

太陽のきんきん霧氷木に草に

春へ一進一退の相地に空に

集まつて綿虫いのち光り合ふ

梅ふふむ白湯にむせたる泪目に

尻高の自転車の列花菜に来

海胆突きの笑つて見せて歯が無かり

初蝶と思ひ目の前二段波

北半球一孤島いま椿どき

野のすみれ母方の姪までは知り

子の告げし初蝶なりき見ず想ふ

行く雁と聴き止めし後眠らざり

通り過ぎむとまんさくの花へ声

陽炎に歩を入れ何か忘れもの

水あれば水を飛ばして春疾風

春山の汚れぬ雪を両手掘り

かたくりの花をひと山又《また》従妹《いとこ》

鳥の恋わが念々の樹も伸びし

山ざくら山のかならず川蔵す

山越えの弥陀ならば花過ぎし頃

真鯉ほどさみしき貌を春の昼

苗市も立ち駅の名の風祭

谷をゆくゴンドラの影蜘蛛ぐらゐ

太陽も若かり蝌蚪に手足生え

風五月文芸熱くつどひけり

真向ひてをり蟇の眼のあらぬ方

草取の怠けてあれば身にも草

揚羽来し影のしばらく水にあり

声高の妻にて真に蛇嫌ひ

エレベーターより眼の高さ朴の花

河鹿笛ホテル一室づつ点り

藤浪のゆらぐみづいろ湖からも

炎日の死は物体としてにほふ

いつよりか泣虫の次女泣かぬ夏

国道を横切りて蛇を捨てにゆく

香を聞くやうには薔薇は匂はざり

その一事涼しく会うて決めなむと
あめんぼう知らぬ間に事運ばれて
初心とも言ふ色に梅漬かりけり
約束の多くて露の世とも言ふ
梅干してその夜の稿を遅くまで
蜩のこゑ今生は黒を着て

そのあづき色をこそ愛で萩といふ
しぶたみの青穂波耳澄ましゆく
おほばこや朝の太陽こゑをあげ
露けくて牛乳の滋味ひとくち目
なみだほどこぼれて秋暑杉の脂
観音は涼しや朽ちて木に戻り

ゆつくりと来て大露の保護司かな

かすかなる音栗虫の栗穿つ

蘿《がが》藦《いも》の架一瑕もなき空へ

経読んで朝々の露深くせり

始まつてをり団栗の跳ねくらべ

分校のオルガンが鳴る蕎麦の花

四温光

昭和六十一年

客送りつつ家を出て文化の日

暗紅葉明紅葉谿ふかく入り

樹の数にまぎれずに行き冬の人

つつましき妻蘿藦の架飛ぶ日

ふくろふや三軒先に子なき家

氷らむとしていま薄き水の膜

雪掻いて来しゆるき粥三杯目

雪の景なき花札にこだはれり

深雪晴赤子泣くこゑ三度ほど

もつれゐる調停離婚綿虫も

目一杯打たれしゆゑの独楽の澄み

六根を澄ませよと冬泉あり

心にもひろがつて来て雪暗し

雪しづく空には障り何もなし

四温光早池峯は白つくしけり

飛ぶときの懸巣を愛でて誕生日

旧正の鹿を見にゆく船に乗り

海光るとき綿虫も荒々し

風花を絣模様に陸の照り

さまざまの態神域の裸木は

芝はまだ萌えず豆状鹿の糞

寒すずめ障子の桟に塵つもり

凍瀧の上くりぬきしごとき空

茜差すつらら仏飯子が捧げ

夕風は錐揉みにくる薄氷

凍りゐて白を晒せり馬淵川

えんぶりの街のかなめに長者山

人垣のたれも白息えぶり待つ

えぶり摺ることに屈強藤九郎

えんこえんこの美童の一人贔屓せり

えんぶりの烏帽子が重し肩で摺る

どか雪も来て春を呼ぶえぶり唄

もてなしのあかはた餅にすぐ酔へり

雪あをし種《たね》差《さし》の海あをければ

浜街道まぶしや除雪ゆきわたり

綿虫の群れどきの声よく通る

軽き靴履きかげろふの方選ぶ

蒲公英のめでたごころのみな蕾

花映るべし除幕せる句碑の面

能村登四郎・林翔の連袂句碑、信濃姨捨長楽寺に建つ。祝電

たんぽぽの蕾覗けばみな笑窪

晩酌は二本と決めてうるひの酢

すずめ四十雀巣箱にも時流れ
沈丁の香にガリレイの話せり
四月半ばの空にまだ怨の色
花こぶし兜仏のそのころも
朧夜の稿にていつかおぼろ書き
花巻自性院境内に能村登四郎句碑建つ
霞ふかければ早池峯を眼でさぐる

句碑一つ珠といただく青五月
あたらしき句碑郭公の一番手
句碑守に似てこれよりの走り梅雨
花過ぎの福にてやはり禍も混じる
踏込んで羽化の蟬とは知らざりし
なまづ三匹娘三人暮しけり

黒揚羽長揺れの地震をさまれり

行くぞと見せて巣の蜂の低く来し

纏ふもの多くて僧の夏ごろも

射干や人の屍臭の酸ゆきとき

戒名にして爽涼の賞めことば

経読んで不覚の眠気蓼の花

ひぐらしに骨揚げの経低く誦す

湯浴みせしごと山々も秋に入る

秋ふかむ欄干のよき上の橋

たうがらし神の意の朱を尽しけり

烏瓜透きしは融けるほど眠し

狐の茶袋いまもまた二重虹

霜白し起き抜けに受く二つの訃

昨夜足冷えたりつひに薄眠り

今朝かたき眼鏡と知れば初氷

寝る前に見てはつふゆの星大粒

藤の実のはじける嬉し弾け飛ぶ

雪を掃くすずめの小さき足跡も

雪下駄の雪噛んで立泳ぐさま

明日は雪下ろさむ障子両手押し

海山のものを煮こぼし吹雪の夜

湖凍てて星の総出を誘ひけり

泉溢れ雪間に流れつくりけり

日々殖ゆる雪の風紋雷起これ

氷笛こほりの薄き音色出す

雪嶺はいつ見ても胸開きゐる

風邪の子の寝飽きてをりぬオルゴール

梅干を粥に落して零下の日

春を待つ一人と四人わが火宅

雪しづく賑やか如意輪観世音

日脚伸ぶ障子の部屋に灰均し

探絵に似てにほどりのまた浮けり

恋猫の恋をはりたる物憂き眼

本堂は波間めく春立ちながら

袋蜘蛛

昭和六十二年

菊にすぐ虻の寄り来て墓回向

少しきつく絞る雑巾小鳥来る

末の子は啐《そっ》啄《たく》のとき木の実独楽

粥を食ふ裏山の枯しづかにて

山に雪ねずみが家にいちはやく

雪吊やよかぜが家の脇を打ち

雪降れり句碑も眼つむる思ひにて

いま寝るとこの身潰えなん雪明り

妻何に魘《うな》さるる雪まだ熄まぬ

白跳んで野兎ほど雪にまがふ色

松過ぎのすべて流るる中に妻

菡の薹太陽一子挙げしごと

早梅に炭火は灰をいそぎけり

遅日にて町に兇状持の猫

護摩の火を高く上げたる弥生かな

余寒かな放参の坐蒲一つづつ

禅寺の裏の日溜り春来つつ

赤松の睦むあかるさ涅槃の日

涅槃図のいちめん涙霞かな

雪がこひ解く身を縛すものも解く

肩腰を伸ばせよと雪消えゆけり

火葬の火冷たからむや梅咲けり

山葵大根黙つて下ろす別れかな

梅ふふむつまづき癖の太陽に

山笑ふ句碑も胸前すこし開け

父母ら来て一年二組さくらかな

春の雨猫の土掻きゐるところ

黒く透く太陽に野火走り出す

次女加苗涙もろかり蝌蚪生まれ

水音のほかはつつしみ春の山

辛夷咲き田の半分に山の影

芽の丸く敦盛草と知れる数

水どこも熟れて湖国は鰻どき

会釈して境内清掃びと涼し

絵馬に来て仏の使者の瑠璃揚羽

御姿ちひさく涼し穴大師

西行の摺り足が見ゆ山帰来

大き火のまつすぐに落ち恋螢

夢のどこかがいつも似て明易し

ほたるぶくろに聲明の進みゐし

神楽守る青嶺がこひの十数戸

旗振つて親子登山の最後尾

子の父を十年遅れ韮の花

僧籍や一日一夏はやく過ぎ

ひぐらしの嘆き上手が平泉

碑を一つ読み暗緑の眼となれり

咲き始めて仏の金のをみなへし

いま欲しきもの大露の数珠一連
手を入れて沼の夜明の蛭蓆
蟬生まれたりそれよりの青浄土
ひぐらしの長鳴き雨を長引かす
溯行すずやか恋成りし水馬
知恵といふべし蜘蛛の巣の結構を

怠ればすべりひゆその種の数
うつし世は美しや紺あさがほも
遅れ咲く気安さならむ楤の花
蕎麦の花美髯の翁夢に出て
螢火を迷妄の火とまた思ふ
未だ聞かざる蛇が木を堕つるなど

寝首掻くなら根切虫一番に

夜虻来てしきりに世迷言をいふ

死にてゐて暴悪の顔すずめ蜂

つつましきものの袋を袋蜘蛛

糸を吐く虫のためにと柞あり

樹の中のはりぎりがはや秋意見す

毛虫二期発生へ樹のあをざめて

やたら蛇轢かるるやこの秋口は

明眸のあかまつに秋はじまれり

草は穂に雀も群をととのへし

蒲の絮根元の水にみな映り

草の露扉《ひ》があれば山ぎいと開き

一人漕ぐ影さうみれば花筏

秋や雲に疾駆の馬も二三頭

草矢放たんと放つまで息詰めし

夏休みなりしが長女陸上部

金蝿のこゑの狼藉稿成らぬ

網戸して草の風来るそこが寝間

羽前より張り出し羽後へ鰯雲

強者のさるとりいばら柵の跡

潜りてはあらぬところへ秋の鳰

首棚のことの絵ことば冷まじや

羽後振りの掛唄に露むすぶ野か

秋草に何の血しぶき受けし色

手術後の妻の摺り足月まつる

茸山を下り来て夕日とろりとす

霜日和切株は罅咲かせけり

五百羅漢とは岩五百苔涼し

木の暗の奥なほ暗し五庚申

姨捨野涼風のひとめくりほど

何か出るぞと蚊帳吊りし部屋貰ふ

盆地の灯涼しやどれも民話の灯

芒の穂

昭和六十三年

清浄へ清浄へ山落葉せり

橋三つ三つによき名小鳥来る

目貼してこれよりの景白づくめ

枯山の枯にしづかな委曲あり

牛頭天王上睨み煤掃かれけり

葱抜きに来て月光に泳ぎゐる

日暮れたり白鳥のこゑ今しがた

数へ日や箒の反りを湯にもどし

ラガー押す腋のもつとも濡れてゐむ

娘を乗せしリフトが雪の天へ発つ

女正月からすの空の晴れわたり

夢に名を呼ばれ寒暁早目覚

山襞の月明るくて雪女郎

子が帰りすずめが帰り寒暮色

屋根の雪一気に走り出す構へ

雪赤くけふつちふると誰も言ふ

戻り寒火のつきしまま紙飛んで

一切が枯れてあたたか盧遮那仏

この山の枯無辺際無音界

降り出して本降りの雪夜も熄まず

山側谷側スキーとは汗だくり

世に発つるごとリフト発つスキーの娘

冬川の夜空にひびきゐる眠り

この冬のすずめ来ずなり何の変

三寒の鴉に愁ひありしこゑ

飲食やけふ滅法に冷えまさり

泥鰌掘りゐるぞと遠く鴉の眼

飛んで来て去りし懸巣の羽根の色

冴え切つてをり岩風呂の隅の星

踏まれ邪鬼さむき眼をむき出せり

寒鯉の尾が揺れ雨の気配せり

冬白き雲ゐて舟のごとき刻

てのひらを軽く春待つ思惟仏

雪しづく仁王も力抜いてをり

恋猫のふてぶてしきがボスの猫

こらへゐし眠気に眠り春炬燵

二月かな午後の雪嶺﨟たけて

大地いまそぞろの目覚め春氷

帰る白鳥らしくて川に縦一列

梅ふふむ寺の太鼓に膩《あぶら》の気

胸ひらき立つまんさくの奥の嶺

火の気などなくて土筆のあを煙

大岩の二つに割れてさくらかな

野遊のその夜の夢の中にまで

緋鯉ゐて袷のひとと話しけり

父の日の似顔絵の父髭点々

郭公のころゑ二年目に入りし句碑

葭切や人の治水のいそがれて

雀隠れよ雉子の子もよく隠れ

よく揉まれたる薇《ぜんまい》の仕上げ干

珠のごと育てて敦盛草の株

抜きん出て断崖の藤天領す

山に火の廻ると見れば遅つつじ

岩かがみ先立つ人に手を借りぬ

岩風呂を女が占めて夕河鹿

雪渓は牛の白き斑牛形山

衰へは歯にしのび寄る夏蓬

責めて友の優しさ解る冷し酒

毛虫火にうごめくを見し髪膚かな

朝曇り暇をゆけば眉濡れて

掛軸の中興の祖よ夏痩せて

うたた寝のことさら頸の汗なりし

厩舎まで行き来水平鬼やんま

蜻蛉に馬の寝藁の返し干

奥羽嶺の午後は暗しと芒の穂

母以後の家にあによめ秋祭

冷ややかや湯殿の遅く灯ともされ

露けしや人の灯山の上にまで

溝蕎麦に雲のかぶさる歯の痛み

翁ぶりよき天皇の病める秋

稲架解かれたる棒杭のみな十字

遠山に主賓の雪の着きてゐし
谷ふかく道の曲るを秋と言ふ
先づ五羽が来て白鳥の川となる
明日あたり崩す簗かも誰もゐず
毘沙門さまへ大くさめ飛ばしけり

露太るころ

平成元年

はつふゆの鶏の尻吹かれけり
一羽鳴きみな鳴き鶸の渡りけり
冬牡丹菰の編目に山が透き
山一つ向うより冬一足飛び
褒貶もをとこには華ふぐと汁

ひよんなことから盗人のわかる冬

すべり出しよく振り出して根雪なる

蹴つまづきたるその石の凍ててあり

夢に入るまで冷え性の膝がしら

水底を見て来し鳰のけはしき眼

枯深ければ大岩もうづくまり

冬蘩蔞《はこべ》ながき昭和のをはりけり

鴨とゐるらし芥捨てに出でし妻

この冬の雪の小降りのまま半ば

摑みそこねし寒鮒の尾の力

せがまれてゐしがかまくら雪不足

響きづめなる寒泉を日が愛す

梅二月平成すでに加速つく
小手調べほどの春雷ありにけり
あかね差す日の出の氷柱一本づつ
をんどりの長鳴き日脚伸びにけり
遅れたる野火が残りしものを焼く
陽炎は野にゆらぐ波賢治さん

蔵の戸の半分開いて春の山
声つなぎ合ひ白鳥の帰るらし
日の声の伸びよ伸びよと葦牙に
地虫出てしばらく光るいのち曳く
外にゐしゆゑの泪目春疾風
ゆつくりとものの芽敦盛草の芽も

蝌蚪生まれ風の小走りつづきけり

昨日今日雲少しあり辛夷咲く

水仙の花文字に貨車過ぐる風

末の子のこゑに紅梅ひらきけり

開き過ぎたる春茸を頒け回る

僧にして畑もすこし春日焼

雨三日あり花荒れと言ふべかり

花上げてをり金剛の黒き幹

鈴の緒に日のゆるゆると桜山

慈の亀の悲の烏貝さくら散る

花びらへ浮き身の反りを見する鯉

桜桃花梨花中興の祖の里は

広辞苑すこし疑ひ亀鳴けり

青面金剛草中に足踏張れり

敦盛草やや前のめり雨上り

怒り通しの針桐も花かかぐ

雪渓を袈裟掛けにをき牛形山

凄惨に緑のうねり夏《げ》油《とう》の湯

暮方の夏油にをりて燕の巣

青しぐれたたみに嶺々や奥夏油

青山中毛ほどの流れさへ逸り

男女ゐて青谿湯壺いくつ置く

ししうどや夕日ゆつくり嶺を舐り

巣を落ちて眼つむりゐたり雀の子

咲き了へて薔薇の一念しづかなり

曝書して風帯といふ位置よかり

飛んで来しボールが灸花《やいとばな》の下

炎昼を一声したる青孔雀

孑孑《ぼうふら》に子孑能化《のうけ》ゐるならむ

片蔭のあればありけり猿田彦

眼つむれば羽音も聞こえ瑠璃揚羽

小暗きに棲み黒絖《ぬめ》のからすへび

青芒鋭かり軍手を忘れ来し

網戸せしゆゑかその夜の夢笑ひ

蟬と鴉同時に飛んで蟬消ゆる

仏事には酒が入りて合歓の花

搌花や天上隈もなかりけり

顔昏れて子が来る烏瓜の花

田水引く人と歩いて夜目が利く

走り穂の稲や天鼓も走りけり

ひつじ草聲明水の上をゆき

葛咲いて大毗盧遮那を袖囲ひ

空蟬の眼に天網の白焔《ほむら》

泣石と村人の言ひ滴れり

萩を来て初老を言へり従兄たち

汗の仏事済ませし高校野球かな

目一杯泳ぎ来し子の寝ざまなり

宝前や朝涼のよき声が出て

露太るこゑ師の声と思ひけり

羽抜鶏同士一羽を目の敵

裏鬼門かな夕顔の咲き揃ひ

高速路より夏果の男来る

砂浴みの雀一散させし雷

雀いま三番子秋立ちにけり

はたおりは絃こほろぎは管で鳴く

早湯浴して帯巻いて良夜なり

露太りをり子の部屋の灯が洩れて

芋煮会誰も山河の晴を言ひ

つつが虫小さく祀り草は穂に

陵王舞ふ露三方の魔を砕き

選者に一人紅花染《べにぞめ》似合ひさうな人

往昔も露人あれば道あれば

栄えて月山釣瓶落しをすこし前

露けさを言ひ注連寺さまと酌む

菊膾おきなにありし忍者説

身に入みて御眼いたはしミイラ仏

二章　千古

平成二年〜平成八年

白障子

平成二年

一病のその後の無病小鳥来る

終に口開かず案山子焼かれけり

白障子待たさるる茶の運ばれて

呼べば妻菊焚いて来し匂ひせり

抜け易きところを抜いて葱太し

冬耕に似て書下し百枚目

炭焼のあをけむりまづ一竈目

よき匂ひある年木にて真つ二つ

市民課に朱肉を借りる五日かな

赤げらの穴が高きに春近し

氷の残る閉伊《へい》川海を見ず帰る

一つづつ出て仏頭の土筆坊

シャンプーの長女卒業間近かなり

まんさくの天帝へ声あげてゐし

古草のまだ安らぎの色にあり

はこべ萌え鶏冠も朱を加へけり

囀りや墨を打つとき曲金

つひに下着一枚となり耕せり

紅梅や夭折の兄褒められて

夕雉子きのふは蛇のゐしところ

山野草育てて五月身が透けり

草取りの愉悦無沙汰をいづくへも

越後路の一歩にそよぐ青田母木

大いなる無礙に身を処し書も涼し

竹皮を脱ぐ音楽は空にあり

浴衣着て思ひあぐみしこと一つ

蜩や句碑も暮色を深めつつ

凌霄花落ちてよき音発しけり

書かず溜めたる返礼に汗しをり

新亡もゐて涼しき灯廻りけり

木の実熟れしめむと空の傷むなり

賢治啄木老いざりき山法師の実

海上にして満月の皺だたみ

薬売来てもう炬燵出すことに

白鳥待つ川中ほどは胸ひろげ

木の芽和　平成三年

釣鐘人参殖やさむと種吹き歩く

鬼胡桃干しこれよりの初一念

真つ先に朴散りて空癒やすなり

落葉焚き古き草鞋も焚こうかと

雪囲して囲はざる樹を叩く

年逝かす幾つか思ひ違ひして

寒鴉住職のことすべて知り

寒卵すするや少し眼をつむり

凍大根吊つて飴いろ夕日かな

全て凍る中に葬りの仕度あり

針供養せし針ふかく埋めけり

死は永久に一人に一つ春の雪

見えてゐて山の撫肩春しぐれ

耳打ちに似て雪消しの雨なりし

外し残せし凍餅のからげ藁

木の芽和すこしの酒のすぐ顔に

「永」といふ字が初蝶の泳ぐさま

朧より友五人来る一人来る

飲食を軽く済ませて霞かな

穴を出でたき蛇の眼の二つ見ゆ

薫風のまんなかを来し鼓笛隊

麦笛を吹く身中も青にして

揚雲雀判官いまも慕はれて

高館に口緘ぢて佇ち師もみどり

曲水の蛾眉をみどりの雨の中

裏参道険し斑猫まだ居りぬ

青蛭のいかにも飢ゑし泳ぎやう

苧殻火のあと他所の火の映る墓

纏め洗ひして盂蘭盆の白き足袋

流れはじめて萍の密なる根

田へ遠目してこれよりの残暑言ふ

中津川九月一日晴上がり

蕎麦刈つて鎮守のあめのたぢからを

越はいま田母木に稲の架かる頃

枥の笛じやうずに吹きし笑窪なり

身に入みて胸の痞《つか》へを聞いてゐし

金環の目

平成四年

部屋に行きまた喧嘩して蒸し藷

綿入や車角金落ちにて互角

死ぬことを眠ると言ひぬ冬桜

長寿にて寿《じゆ》家《ちやう》もよけれ枇杷の花

冬蝶の翅うごき天うごきけり

煙見えたりややありて猟銃音

手毬唄うしろの山に兎跳ね

雪割のつるはし力ありつたけ

また帰雁皿に朱肉を練りてをり

梅ふふむ火は火のいろに細りつつ

護摩の火の春呼ぶ色に上がりけり

蜘蛛走りそれより春の動き出す

寒気団椿の圏に居据われり

梅咲けり戸袋に戸の納められ

陽炎に目隠しほろほろ鳥の鳥舎

萌え出でて五寸のひかり水芭蕉

春疾風池のいちまいめくれ立つ

田植機の朝光へ一往復目

棲みついて金環の目の青蛙

散るまでの山芍薬の絖《ぬめ》の珠

世のことは遊べと蝶の翅の風

秘境なほ奥あり奥も滴れり

岩燕一羽づつ消し夜のとばり

慈悲心鳥聞く四五人が宿を抜け

夕顔の花墓地にまだ人がをり

家に子の三人ありて夏の露

本降りのはじめそぼ降り喜雨の色

梅干して夜風なにやら妖しかり

捕り逃がしたる蛇《くちなは》がそこいらに

また同じ夢朝ごとの霧も濃し

雨となりさうな山蟻に殺気あり

残る蟬にて今日の声ありつたけ

稲妻を闇の罅とし北上川

花野駅また花野駅うとうとと

赤米も熟れて鎮守に幟立つ

威銃その一つにて日暮れたり

夜寒妻子に何か言ふ喧嘩腰

羽音

平成五年

山茶花の頃を違へず箒売

目に見えぬ塵こそ思へ返り花

人の死へ顔出しといふ冬はじめ

河豚鍋をつつきまたまた写生論

施主の名を告げ冬菊の届けらる

雪にして夜尿の後をうつぶせ寝

押殺し笑ひが誘ひ初笑

初夢の東京にゐてまだ独身

冬木立より追ひあげて来る走者

胼の手を隠せりもしや鶴女房

飛び初めて風の量だけ杉花粉

酔歩にも似て春風に押さるる歩

陽炎や切株一つづつ匂ひ

その淵は見えず雪代落すダム

焦したる眉毛二つや春焚火

花三分東京に子をおいて来し

梅の白夜瀧の白の音の中

屈み見て秘術の色の土筆なり

桐咲いて天に羽音や師の来る日

若葉冷え土偶は小さき乳房もち

川二つ合ひ胸中も緑なす

担ぎ来し梯子のやをら菖蒲葺く

田螺ゐて水の中にも仏みち

いまも世に一番飢ゑてゐしが蛭

汗もせで素早き足の大阿闍梨

眼が澄んでをり掃苔の人なりし

青嶺の腹よりバスが出て白川村

句碑開眼天も梅雨雲少し開け

捨石も句碑の一景蝶飛べり

むかし良医あり今もあり鰻食ふ

まれびとのありて昼酒合歓の花

触れず見て青ほほづきの青宝珠

蓼の花婉曲に約ことわられ

車前草の種のカプセル割つて見し

にんげんと青虫の生きくらべかな

まるまると肥えて候女郎蜘蛛

かりがねに塔婆の筆をおきにけり

曲るため力を出しぬ春の川

まだ隠れごころの寸の土筆なり

声落ちて遅れ白鳥二羽帰る

梅椿ふるさとは人寂びにけり

死も時にほがらかなりし春障子

知らぬ間に鵙の巣立ちし一樹あり

夜鷹鳴くまた鳴く明日を恃むなよ

大花火無数の零へ墜ちてゆく

車前草《おほばこ》の種に末法進むなり

螢火の顔に当りし記憶あり

閼伽の水

平成六年

烏瓜熟れて恵眼《ゑげん》のありにけり

猫飼ふの飼はぬの吊し柿に虻

栗鼠ほどに上手に割れず鬼胡桃

満願のしづけさに枯見する木々

掘り起したる埋火の笑みにけり

雪折のあと人ひとり我を折れり

眠るたび血色の出て冬木の芽

ぬつと来て雪の匂ひの見舞人

いくらでも眠れていのち冬日差

遠景に冬川の照り癒えすすむ

やはり出てをり仏頭の土筆坊

汲み上げて春丑三つの閼伽《あか》の水

聲明を春のしらべに乗せるべし

あたたかや口に遊ばす節博士

頭を剃つて梅のひかりの京にをり

初蝶の荒々しきが眼を去らず

日永さの火は火の色を尽しけり

石も笑へり陽炎にさへづりに

白雲とゐて逃げ隠れせぬ田螺

郭公や砥石たひらに研ぎ減らし

葭切の戻りてすぐは巣に入らず

文字摺は天上の花こぼれ花

草取つて風のささやき一日中

もう出でし新節の弧の線と縞

顎締めて働きをれば海鞘膾

捕りそこねたる蜩の尿見舞

蝮捕つてまだ片割れがゐると言ふ

汗の経臍に力を入れて誦す

板塔婆三枚書いて朝の蟬

稲の花檀家百戸へ袈裟を付つ

寝てみたる秋の昼寝のうそ淋し

膕《ひかがみ》は淋しからむと木の実降る

一献のまづ箸がゆく菊膾

飲食や朝鵙ひかりまみれにて

飛ぶといふ蜘蛛飛んで晴つづくかな

絵心経

平成七年

日の畑のぱりんと冬菜割れさうな

素手をもて縄を切るこつ冬仕度

山眠るふくろふに木の洞があり

蓮枯れて水底を日の渡りけり

冬の畳は水の上掃く思ひ

白鳥の来て納屋隅の屑の米

泥鰌掘泥を戻して帰りけり

音の無き雪に塔婆を書いてをり

雪に穴葱を掘りたる跡らしく

雪しづくあはれ鴉のこゑも濡れ

このごろは赤子も泣かず春氷

がうがうと野火が土竜の穴の上

梅のこと聞いてをりしが遷化せり

さざなみの真ん中膨れ春疾風

水芭蕉小流れも音つくりけり

手元まで来し流觴を風が押す

名にし負ふ山の玲瓏つばくらめ

熊ん蜂飛んではまがね南部富士

七時雨山しぐれずに大霞

朝市の婆の独活売るぶつきらばう

麓よりいろいろの声朴の花

小判草風のささやき一日中

梅雨の雷沼を叩いて去りにけり

一夜寝てきのふは古りぬ沙羅の花

一献やお通しのまづ海鞘が出て

蟬の羽化木魚の音のとどく木に

夕顔や東京に子の着きし頃

一と鳴きのあと横歩き法師蟬

曼珠沙華誌齢のいつか二十五に

浦安はよつぴて灯籠め草の露

誰か声上げそれよりの月見船

どんぐりのいくつもころげ絵心経

草もみぢ道分の石残されて

白鳥の来て一風もなき水面

藁砧打つ谺ともならぬ音

鳥よりも軽くて枯葉海へ飛ぶ

山里や田螺らを疾く眠らせて

よく笑ふ婆ゐて冬の清水かな

妻まれに早く寝ねたり吹雪なり

つつしんで雪を被りぬ青榕

氷下に緋の鯉ぼんやりと山映り

金剛の露金剛の空写す

にんまりと来る口髭の猟夫かな
天道虫くるりくるりと地球は孤
僧房の雑魚寝鼾と蟲の音と
日輪の移ろひに山法師の実
葡萄食ぶ文明の涯知らざれど
曼珠沙華師風といふはどこか似て

賢治祭

平成八年

ランナーの走り落葉も走りけり

雪折の生傷をまだ剪らずおく

綿虫の舞ふ沖までも見ゆる家

よく潜るやうやく目星つけし鳰

冬田べり水のより処のなく流れ

風が消す語尾大鱈の引きずらる

夜の吹雪隙間すき間を探し吹く

かけまくもかしこき瀧の凍りけり

雪下し腰の構へもやうやくに

雪疲れてふ語辞書にもなかりけり

涅槃図の裏書もまた尊べり

雪崩死の人身御供とも違ふ

また別の猫春寒の寺ながら

旧景に逢ふための北開きけり

葦芽ぐむ才抜け出せよ抜け出せよ

北村仁子さん

陽炎にさへおもかげの偲ばるる

紅梅や三女が寺を継ぐと言ふ

啄木生誕百十年

帆のごとき歌碑を霞に渋民は

百十年そのままの山五月来る

雉子の子のさ走る巣子《すご》といふ地名

蝌蚪の黒山峡の田に朝日来て

ぼうたんも吾も流るる刻の中

葭切や晩節も雲来るところ

人ごとのやうに還暦すぐりの実

白地着てこの身一つの浮く思ひ

乳飲児の乳足りし笑み麦の秋

この岩の青き滴り千古より

瓜を食ひとこ一番を乗り切らむ

あるだけの星出て賢治祭前夜

夏痩せて男の意地を言ふ師なり

紙を剝ぐやうに秋暑の去りゆくか

賢治生誕百年の稲熟れにけり

身心の露の玉とも言へるとき

秋の人海洋を画布いつぱいに

崩れ簗日輪石の頭をぬくめ

身に沁みて別るる時にしやくりあぐ

柏山照空さん

三章　火脈

平成九年〜平成二十二年

無碍

平成九年

悼・坂巻純子さん
死も芸のうちよと菊に声したり

七五三鈴のひとみの女の子

人の死の霜のくづる音ほどに

冬将軍山々をまづ固めては

冬将軍長逗留に息を抜く

雪掻いて来し妻雪の匂ひ持つ

紙漉きの紙のこころとなりて漉く

薄氷に透かしてこの夜美しき

春めくや期して成すべきことのあり

まんさくや天空にまだ傷みあり

生涯にいくつの大事つばめ来る

無《む》碍《げ》といふべし春の日の土いぢり

朝々の如是我聞梅は実に

熊谷草にも男さびありにけり

悼・柏山照空さん

青嵐のいたづらが君連れ去れり

瀧壺の子壺孫壺曾孫壺

炎暑にて鳥たちも声ひそめゐる

誰も汗流してよりの夕景色

玉の汗流してこの世よかりけり

盆の月檀家廻りをあと一戸

剣舞の白鬼が大地蹴つて秋

一事いま詰めどきとなり草の種

菊日和腰を大事に働けと

雪卸　平成十年

幔幕の五色小春の目出たごと

葱汁に朝日の差して新厨

あとは明日やることにして夜の零下

六十一歳皀角子《さいかち》の莢を振り

濛々と烟りてあれは北上川

雪卸だんだん雲に乗るここち

心経の掲《ぎやあ》諦《てい》掲《ぎやあ》諦《てい》春立てり

南面の小楢水楢二月の陽

陽炎に井戸の魂抜き頼まるる

白鳥の一途の頸の北を指す

灌仏の子に踏台を二つおく

紐締めの長靴を履き遅日かな

新居はや一匹の蜘蛛忍びゐる

その数のそのままに暮れ白牡丹

濃く淹れて伊豆韮山の新茶です

更衣金のバッチは紺に合ひ

草を取るこんな果報もほかになく

天体やよひまちぐさに刻回り

鳴咽せり人は泉を持つゆゑに

網戸して青き地球に眠りけり

一峰が見え夏雲の出羽に入る

花餅のかんかん照りの二筵

唄も聞こえ紅花の荷駄行くが見ゆ

拾ひ来し栗を量るに五升枡

身の毛立つところも通り茸山

賢治忌の露の万朶へ朝日差す

寺の木の椋鳥千羽かくまへり

行く秋の流速にある綾模様

ふところに水晶の珠数小鳥来る

珠の眠り

平成十一年

かりがねや腰に吊せる釘袋

生きものの弱き喉元山に雪

冬麗の空を耕すやうに鳶

来世また登四郎の弟子冬霞

初景色ここは日出づる国の北

よき予感あり水仙の芽の一寸

この頃の棒読み卒業式祝辞

初蝶来畠のすこしだけ鋤かれ

しやんとして春の美髯の生字引

一溜りづつに白雲蝌蚪の水

久々の遊行の田螺とも見ゆる

草取の剃りし頭を囃す風

青山中の岩の上をはしる水

斑猫と遊んで照空風信子

昼顔の縒りに縒りたる蔓葎

午までは雨朝顔も紺たもつ

田を植ゑて十日の遊行柳かな

噴煙や声ぴちぴちと揚雲雀

那須青嶺火脈を北へ走らせつ

短夜のみじかき夢に母ゐたり

昨夜梅雨の雷を聞きたる深眠り

建具師の昼寝にひらく鉋胼胝

網戸してなまぬるけれど生の風

草木に声なき喘ぎ長炎暑

山を見てさくらしめぢの出る頃か

大いなる赤子のあくび秋澄めり

紫苑咲く珠の眠りの嬰がゐて

爽かに一子を挙げて帰京せり

露万朶嬰の泣くこゑ耳に棲み

朴の実の落つるまで風付きつきり

師の立ち居心にあれば去来の忌

青日照雨

平成十二年

秋の暮海嶺も暮れはじめしか

いい頃の火より掻き出す薩摩芋

猟犬の放たれ少しして走る

怒り目の牛頭天王の煤払ふ

ややありて声あり新婚さん賀客

したたかに雪にころべば朝日かな

咽喉飴の残りをかぞへ春隣

雪折の真青の空となりてをり

日脚伸ぶきのふのままの炭の尉《じやう》

紅見えて実《み》生《しやう》の梅の初蕾

入り彼岸膝までの雪朝に熄み

春蘭の山かな今も田村麻呂

名にし負ふ山の残雪種蒔かな

台東区谷中延壽寺蝶とゐて

麗かや句碑は五《ご》眼《げん》を貫ひたる

今しこゑ霞に迦《か》陵《りやう》頻《びん》伽《が》かな

句碑据わり花どきへ刻流れ出す

調停委員行き帰り花下通る

一村の青増すひかり田を植ゑて

百万石城下樹液にすずめ蜂

撫で艶の疣取石に青日照雨

句碑除幕前一声を奏す蟬

脹らめり月下美人の肉の色

子に送る古き典籍夏の萩
炎天へ発つ愬ろに礼を言ひ
逃げ場なき暑さの中のごろ寝なり
水位まだ炎帝の威のままにあり
胡桃落つこがれてをりし水の面へ
秋深む谷に桂の大樹あり
賢治忌のはじけて現の証拠の実
帯電もありさうな蔓たぐるなり
珠の日や紫苑に虻の遊べるは

露草鞋

平成十三年

飛べるだけ飛んで師風や草の絮

方丈に南瓜の臍の干されある

待つ人のゐてあの世への露草鞋

蓑虫の蓑に不足のなく御座る

日の差してをりぬ枯木の腰回り

雀しづかや雪暗の一樹占め

寒鮒の絖《ぬめ》の三尾が魚籠の中

こまぎれの睡り吹雪が家つつみ

雪原に春めくひかり尾白鷲

雪解風楤の若木は棘を鋭く

冬も終れり木が傷み人傷み

鳥帰るおのが光をこぼしつつ

三陸のやはき浦風椿咲く

鳥帰る一羽づつ空刻《き》るやうに

くれなゐの一閃椿落ちにけり

寺住みの三十年やつばめ来る

田を植ゑて南部片富士映るまま

渋民の風をうなじにととき摘む

雪形の蝶のしぶきて飛べるさま

能村登四郎先生ご逝去

短夜の痛棒として訃報来る

夏菊一輪従容の師へ手向く

汗の身の言葉つつしみ骨拾ふ

朴の花黙契のこと遺されて

以後すべて己が恃み梅落す

ここ修羅の胡桃の房の青渚

蟻の塔蹴つて鼻つく酢の臭ひ

黄泉の師は今どのあたり初かなかな

心して聴けば真言法師蟬

魂棚の真菰の編みに見惚れゐる

岐阜提灯消されて川の音ばかり

河童淵つりふね草の実の弾け

踏み入りし山に畏み秋の声

この沢の羅漢は笑まず秋湿り

菊に虻いらかは天を押し上げて

青面金剛口をへの字に露を踏み

柿に色桑《さう》田《でん》海に変ずれど

真白き帆

平成十四年

師の眠る谷中延壽寺石蕗の花

まごころのたとふれば烏瓜の艶

なつかれて祖父といふ情柚子の風呂

二度掻いてなほも降る雪夜に入れり

屋根の雪大きくまくれ朝日かな

雪明り庭中の木のひそひそと

書初のすなはち卒塔婆初めかな

凍星の一つが凍てを払ひ飛ぶ

毎日雪歴代先師眠れる地

残る雪山神の白褌ほど

陽炎や草履を軽く檀家まで

三月や早池峯の白天に浮き

朝の梅ひかりは白湯に屈折し

師は疾うに羽化しませども朴芽吹く

蝶しきり飛ぶ鬼房の亡き渚

白鳥の引き近ければ田に漁る

靉《あい》靆《たい》や城址本丸さくら満ち

花びらの句碑に貼りつき雨上がる

亡き師いまに心に在す海鞘膾

夏来たる我らに沖の真白き帆

燕子花波は光をぴちぴちと

伸ばしみて浦島草の黒き糸

郭公や城下の古図に寺多く

野も谿も朦々の梅雨仙山線

再会の明眸の笑み夏帽子

夏の霧見えぬ月山眼でさぐり

茂吉歌碑夏やまがらの鳴き渡り

棚経に誦す五如来をゆつたりと

なほ昇り天上に消ゆ黒揚羽

瀧しぶきあり月光もしぶきけり

すいつちよの来て稿急げ稿急げ

花野来て大杉の瘤常光寺

なほ奥に啄木の山秋澄めり

岩手山裾野ぐるりと晴れて秋

閻魔蟋蟀天界をひたに恋ひ

造花とやどんぐりの艶その喜色

天体

平成十五年

菊に虻三匹がゐて今日も無事

山装ふ漆一樹をさきがけに

銀杏散るいちはやく来し雪の上

雪しんしん老師寝ねしや書きゐるや

凍豆腐軒にかんかん朝日出づ

歳晩の隈なく星を刷きし空

鰐口に垂るる麻の緒初あかね

冬蝶の日差しに少しだけ動く

尊べり一雪嶺を朝な夕な

僧われを容れ雪原のまくれ立つ

いぬふぐり大毘盧遮那は善し善しと

十一面観音一面は春へ笑み給ふ

勾玉はいのちのかたち春うごく

いぬふぐり地下水脈の音かすか

名草の芽名なし草の芽廬舎那仏

声も翼のぶらんこの二人乗り

翡翠のゐて岩襖岩畳

磊磊峡涼し千古の流れおき

林翔先生

握手してあたたか渓流湿りの手

礼《いや》やかに神事に侍る身もみどり

涼しさに建ちて蕉翁翔翁碑

句碑建つと夜は螢も訪ふならむ

一杓のあまきを余す岩清水

空耳かいや遠鳴きの初蜩

天体や稲の穂孕み夜をかけて

踏張つてゐる向日葵の根の力

蜩や水のたひらを樹が囲み

昼顔や少女のころは翼もつ

愛子《あやし》てふ駅の名ゆかし芒の穂

トンネルの長くて秋の胎内ぞ

三線を乗り替へて秋出羽の国

月山のひかりを滋味の黒葡萄

連山の日暮れむらさき吊し柿

よく肥えて日当りにゐる穴惑

爪革の草履を下ろし初氷

男梅雨

平成十六年

火恋しのやうやくに恋成就の火

産卵終へ流れにその身まかす鮭

切株は小春のうてな天道虫

卒論脱稿せしと子のこゑ冬銀河

よき句集読みよき夢に入る雪夜

青空のまんまん中に冬すみれ

一杓の水につつしみお元日

声のよき鴉を褒めて春立てり

須《しゅ》臾《ゆ》たりき氷柱に茜差したるは

よく晴れて涙法師の氷柱なり

霧氷林睫毛ひつつくことしきり

末法の世の長ければ亀鳴けり

青空の深きふところ鳥帰る

安寧の堆肥はがされたる蚯蚓

あたたかや菩薩が胸の瑠璃瑪瑙

畑鋤かれ心の鋤かれたる思ひ

蒲公英は日の落し子よ野に溢れ

蝶の昼枝の神籤も蝶となれ

渋民の空のみづいろ蜆蝶

花了へし風の冠り毛翁草

子栗鼠毛を逆立てて松登り切る

郭公のつまづき鳴きを鳴き出しに

峡に見し藻の花胸中にもゆらぐ

向日葵やコペルニクスの夜が回り

墓回向さなかいよよの男梅雨

こんもりと森をおく街青炎天

南瓜ごろりと清原氏亡びの地

葦長けて義家が矢の飛びし沼

若武者の清衡思へば葛の花

雨の日は雨の色もて野紺菊

竜胆や尾根へと細き径つづき

あの山の端に金銀秋の虹

遠野よりしろがねの川豊の秋

長稲架をしつかりと組む疣結び

猿梨の甘きをふくみでんでら野

枯蓮の沈みし水へ日が通ふ

一泉

平成十七年

雲がまた行き大根の太りけり

怱《そう》忙《ぼう》の一食を抜き冬はじめ

枯欅悠たり星のこぞり出て

天籟の音をこぼして漆の実

割つてみて空部屋一つある胡桃

喝采の落葉輪舞の落葉かな

百歳の翁とをりて冬ぬくし

早池峯の一天に抜け冬夕焼

なほ奥に一泉のありわが枯野

切干や山彦もすぐそばにゐて

羅漢より誘はれ笑ひ初笑ひ

男三人来て埋骨の雪掘れり

野の雪のしくしく融くるとき眩し

少年や菫の空のみづいろに

やうやくにうるみて春の七つ星

地水火風空即いのち春の昼

言ふなれば蝌蚪王国の池ぞこれ

春の雪喪の高張に灯が入り

名草の芽なかに狐の剃刀も

雷少し長くて芽吹き促せり

霞へと消ゆ回峰の大阿闍梨

外仕事一日蝶がゐてくれて

四十雀巣立ちしか巣のしづかなり

覗きみて粗にして密の鴉の巣

接心の僧の目礼みどり差す

老木に石《せっ》斛《こく》の花円覚寺

大仏のみ手は法海夏つばめ

翔先生詩歌文学館賞受賞

喜びの師と灯を頒ちみどりの夜

補《ふ》陀《だ》落《らく》の一番札所かなかなかな

死に顔の安らかなれば虹立てり

喪心に落ちて白無垢夏つばき

眼底検査正常と出て青鬼灯

芒の穂詩心痩せさせてはならじ

曼珠沙華倦まず誌齢と共に来し

露宿す草々に空賢治の忌

すいつちよが来て眠るなよ眠るなよ

蓑虫の蓑の中なる無重力

辛夷の実赤し良縁もたらさる

護摩木割ることに一日秋澄めり

いのちの芽

平成十八年

気仙川のこる紅葉の朱を尽し

碁石岬小春小石が波に鳴り

白障子日は縁側にふかふかと

茶の花に海光母の眠れる地

蓑虫のその蓑一度着てみたき

朱筆二字入れて責了十二月

新市成る雪の早池峯山も容れ

喪中新年すずめらに餌を撒き

冬将軍暴れまくるを誰も止めず

雪がふかくて地団駄の雪女

雪の山越え法衣に菰とスコップと

大雪の底の底なるいのちの芽

残る雪切株に日がとろとろと

かはらけを霞の谷へ飛ばせば師

洛中に阿弖流為《あてるい》と母礼《もれ》すみれの香

陸近く鯨の泳ぎ空海忌

あたたかや土竜らしきに土動き

蒲公英の黄をもて未来思考なり

海風に畳の部屋の蓬餅

鉄の爪来て蒲公英の野を掘れり

身体のまるごと元素逃水も

金の山吹列島を北上す

眠くなる馬上チャグチャグ馬コの娘

蕗採りの妻の早立ち山晴るる

父の日といふ一日のこそばゆし

四つに組みしが飛ばされて兜虫

墨糸をぱちんと弾きにいにい蟬

定年のなき身よきつく晒布巻き

滴れりイーハトーブの青時間

三伏や死相の見ゆる人とゐて

汲めよ汲めよと溢れゐる詩の泉

釣鐘人参花揺れ歌碑は帆の形

てのひらを翔ちて大粒螢の火

渋民の闇深ければ梟鳴けり

沖主宰来て次の日の青炎天

関所跡たり踏み込めば仙翁ぞ

生きものの数多の影を蛭蓆

あれが智恵子の古里の山秋澄めり

祝婚や紫苑の丈に虻遊び

よく肥えて宴もあらむ女郎蜘蛛

火はいつか燠のしづけさ秋の暮

秋の瀧

平成十九年

しぐれ虹またしぐれ虹子生れむ

ご機嫌の山彦のゐる枯木山

一役をやうやくに下り冬木晴

湯《ゆ》婆《たんぽ》の入れられてをりすぐ寝付く

冬の蟻机上に何を告げに来し

山ふかき景凍瀧を象嵌す

七十の七つはたうべ年の豆

梅二月とろ火に粥の膜ふくれ

春の霜白し朝刊に龍太の死

公園の空の真四角鳥の恋

一瑕だになくて炎の落椿

白鳥の玲瓏の列帰りけり

紅梅は情白梅は知と見ゆる

天道虫ならそのままで信頼す

だんまりのままの山彦木々芽吹く

一輪草みそぎごころに師を思ひ

落椿風の火輪となり走る

幌大き熊谷草の男寂び

熊ん蜂墜ち命終の四肢たたむ

あらかたは捨ててよきもの更衣

雨の蝶ZZを描き飛ぶ

棲みづらき世とは言へどもえごの花

青葉木菟をとこ死にたること確か

一卓に青山中と硯箱

眼つむれば円仁が見ゆ夏霞

磴登りつめ万緑を肺腑まで

山上の堂や回向の涼しき灯

千年の滴りいまに立石寺

そそり立つ岩に一景鹿の子百合

泉湧く砂の小躍り休みなく

山中に見し一瀑の目を去らず

浴衣着の笑み初産の一子挙げ

イーハトーブ大きな精霊蝗飛び

賢治忌の一番電車露飛ばす

沖に生る台風陸を窺ふ眼

鴉はやう子離れせんかもう秋ぞ

秋の瀧仰ぎたましひのみとなる

西国に空海のゐる秋日和

高原の大気大根太らする

青みかん子が世に一書出すと言ふ

鬼剣舞　平成二十年

帰燕後にして空の張り湖の張り

大津絵の鬼が櫓を漕ぐ十三夜

去り難くゐる唐崎の秋を褒め

三井寺の鐘撞きて秋惜しみけり

義仲寺の秋池に亀落ちたるも

石山の秋意紫式部の間

天鏡や水鳥に夢むすばせて

烏瓜熟れ切つて日を欲しいまま

死顔のなごやかなれば石蕗の花

落葉掻く風の遊ぶは遊ぶまま

ゴングなきままの強打を初雪は

月と火星近寄つてゐる枯木立

チェーンソーひびく冬日の雑木山

雪下しこのまま翼あれば翔ぶ

石二つ大寒の水急かせゐる

氷湖一枚月光が通るのみ

大寒の濛々の帯北上川

木々は瑞挙げて二月の空の色

春一番池の面を傾けるほど

味噌樽の味噌を小出しにして弥生

死ぬことの目出たさ吾は梅の頃

一役に定年が来て八重紅梅

残雪は一島の地図つひに消ゆ

鯨子鯨竜の落し子春の雲

靉靆や花綿々と畳々と

牡丹活けよか師の泊りたる部屋に

飾りたる兜男の子に歯が二本

身を渡るさみどりの風拝謁へ

翰藻の一書棚より登四郎忌

小きざみに来る風大山蓮華かな

ほうたるや闇に一縷の水流れ

ゆつくりと夜が来る烏瓜の花

配合や露草にある金の蕊

蚊柱や少しぼんやりしてをれと

天空へ翔ち点となる黒揚羽

跳躍の鬼剣舞が汗飛ばす

山を出る満月誰かホルン吹け

浅虫の全き月に来合せり

みはるかす縄文遺跡秋澄めり

縄文の世から継ぐ炉火祖たちよ

遠き世の炊煙が見ゆ草の露

瑞鳥

平成二十一年

朝方の放射冷却大根干す

ががいもの絮ありなしの風に舞ふ

月球儀地球儀そばに万年青の実

一番星出て雪掻もあと少し

脳髄を少し冬日に干しておく

裸木に朝日の差して五穀粥

凍豆腐かんかんと星あるばかり

眼の前を一兎が走り寒夕暁

湯婆のありて眠りの国へ発つ

朝上げし床をまた敷き寒の雨

忘れ物みな冬晴れの雲の上

白光の凍瀧山に秘蔵せり

護摩の火を春呼ぶ色に上げにけり

みどり児の転んで起きて蝶の昼

蒲公英やここがこの世の一浄土

普門即一門の春曼荼羅図

蒲公英や男の子に小さき翼生え

岩手山

瑞鳥の飛翔と見せて残る雪

野のすみれ師と歩きたる日も遠く

父方の祖父母も見えて端午かな

山の子のときめき山につつじ咲く

その遺児の悲しみ思へば花なづな

筍の斑《ぶち》の襲の色ぞよき

綱引きの汗の膕《ひかがみ》揃ふなり

新しき雑巾下し今日は夏至

捨つるべき書籍を山と積みて梅雨

悼・くらたけん氏

会へば握手の好漢たりき夏の露

目まとひは森の門番敏く来る

斑猫の黄泉路にもゐてくれさうな

古文書の読めぬ崩し字にいにい蟬

兜虫森に返して帰京の子

捩花の左右に捩れ並びゐる

踏込んでこれやままこのしりぬぐひ

幼な子に擦傷いくつ秋へ急

雨の日は雨に添ふ色曼珠沙華

アクロバット飛行の三機秋気切る

誰もゐぬ月下の木馬天翔けよ

長稲架のどこへも行けぬ百足脚

勝縁　平成二十二年

悼・林翔先生二句

成すべきは成し菊月に身罷れり

身に入みて恩沢のこと忘れまじ

針ほどの銀翼がゆくすすきの穂

枯蓮の魂魄すでに水の底

藤の実の弾ける日和つづくなり

白鳥の雲低ければ低く来る

雪明り採血管へ血の走り

一心に降る雪湖心消すために

勤行を終へて日の出の氷柱かな

洟や校了の朱のペンを閉ぢ

肩腰や雪を掻くにも美学あり

雪国に住み食べもののみな薬

ねこやなぎ光は水に散乱し

春の雪五徳に灰の均されて

なべて霞むなか濫觴の庵見ゆ

うすらひや少年老いてなほ少年

かげろふや人の百年木の千年

座禅草かすかな水に雲をおき

梅咲いて小さき寺の主われ

こぞりゐて固き花の芽西行忌

炭焼きの仕上りどきの薄煙

切株の一つ一つよ春日撥ね

春の月号泣嗚咽ある家に

山一つ越すたびに町花の雲

なほ北に友あり桜海を越ゆ

鯉幟はためく下の砂遊び

山々の萌ゆる濃淡渋民へ

鳥どちの子育て吾は木を育て

夏掛のその夜の夢に人多し

猿梨の花胸中に山気満ち

稲育つ水のたひらを雲が行き

こんなにも平和な景を蟻地獄

擦傷をふやして三歳児の真夏

師の句碑に弟子や孫弟子青炎天

賢治忌の森がざわざわしたるのみ

秋澄むと顔いつぱいに川の照り

悼・栗城光雄さん

露を発つあの世に登四郎先生ゐて

緒をしかと露の黄泉路へ発つ草鞋

自性院開創一一五〇年

露眩しけふ勝縁の一会あり

露にこゑ歴代先師おろがめば

身に入みて法筵一座進めゐる

聲明や秋の黄の蝶あまた飛べ

衆僧の譜曲の唱和さやけしや

われをもて古刹五十世芋茎干す

四章　泥岩帯

平成二年～平成二十二年

朴の黙

来る筈の雪が遅くてははそ山

冬草に真青の空のつづきけり

雀ゐて猫がゐて冬あたたかし

花冷えの鴉ときをり狂ほしき

すでにして孕猫なる物憂き目

薔薇園をくすぐるほどの風なりし

小さき翅飛び交ひて野は蜜のとき

田廻りの田に顔映し父の日よ

秋ふかむ街の明りに中津川

みづいろの山見えりんご直売所

遠嶺負ふ出羽三山碑稲架解かれ

雪となる囲ひ残せし井戸ポンプ

まづ庖丁売場から見て年の市

いのちとは冬たんぽぽの金一輪

箒担いで春雪の句碑の前

うすらひや轍はゆるみまた緊まり

鉢にやる腐葉土しじみ蝶も来て

手抜きせしところに物議ありて夏

心通じて六月の朴の黙

身じまひの白足袋朝の涼流れ

ここに来てありなしの才秋桜

手が届かねば猿梨を木に登り

卵落して初産の秋すずめ

恵比寿講へら鮒の尾に力あり

卮祝ふ耳順のゐくぼこぼし合ひ

雨水かな山々の木も瑞を上げ

紅梅や知命の今をいまのまま

牛の足跡ばかり泉も牛くさし

空蟬のなほ鉄壁の幹にあり

蝶の死のこれつきりなる羽二つ

蜻蛉の翅のちりちり熔《ら》岩《ば》地帯

熔岩原の一天の秋楕円形

享保四年の火の山が秋の山

縞服

山一つ越え来て枯の中なる灯

影が先づ落ち風花の水に落つ

着きし荷の昆布一〆年つまる

ダイヤモンドダストへ誰か声を上ぐ

地吹雪に押さるる後ろ歩きかな

毎日見てゆつくり敦盛草の芽よ

朧濃し学寮の子の一灯も

青梅の無数の笑みを覗くかな

篠の子のふかく抜けたる紅袴

雲海に動けばうごき影菩薩

鬼やんま鬼剣舞にぶつかれり

ずさの木は雨にも陽気秋に入る

藁屋根の曲り縁側秋うらら

小豆干す筵の幅にきつちりと

桐の葉の落ちて縄文土器の罅

潮馴れの冬の椿のまづ一花

小春日の海光椨《たぶ》の木の元に

三陸の沖の夜寒を烏賊釣火

入院　三句

冬薔薇うすき眠りをまた眠り

春を待つ人のいのちの血を貰ひ

屋根の雪月余の留守をして戻り

初蝶来嬰のなみだのすぐ乾き

モップ止め初蝶に眼を流す妻

龍太登四郎ことに朧の鬼房氏

かはほりや塔は暮れずに水の上

夏至や妻鉄分のあるもの炒め

大旱湖底の村が元のまま

蚊の声のまた縞服を見せに来る

異変つづきや蟲の音も既になし

握り飯割つてみづいろ秋の山

氷点下薄墨いろの鯉がゐて

仕上がりの色や干菜の日陰干

藪分ける音羚羊と分るまで

珈琲の湯気の柱を春の朝

猫柳川波もこゑ一日中

陽炎をするりと抜けて来る釣師

草笛やここら泥岩帯の岸

稲の花

マスクせし人モナリザの眸をもてり

病者らの癒えよ癒えよと冬の星

善悪の吾はどの芽や冬木の芽

枝を詰められ待春のプラタナス

春近し川の響きのつねながら

暖かやどの山となく肩並べ

間合はかりし闘鶏の挑み跳び

花桐の落つるたび水笑窪かな

藤波や舟唄に眼をつむりつつ

夏神楽習ふ暇を直ぐに来て

滴りの一粒づつが千古より

新涼の赤松一本づつの照り

あるだけの星出て明日は賢治祭

奥羽嶺のまだ明るくて銀すすき

暮早し鴉が空を胡麻まぶし

行く秋の市も終りの店たたむ

この山のしんたり熊も穴に入り

見目よきは別に揃へて埋大根

聞き馴れし鴉の鳴いて深雪晴

竜の玉ころげ出づれば深空あり

凍瀧の痛みの襞か蒼を帯ぶ

紅梅の一枝一枝の雪被る

目借時いま気ゆるみの許されず

梅雨寒の田水深目にたもたるる

父の日のことさらのことなくて酌む

朴の木を叩き晩夏の音したり

向日葵の吸ひ上げてゐる滋味の水

誰にでも挨拶をして稲の花

渋民の雨の野菊を賞めて候

生命の森狐袋を踏みにけり

裸木をいたはる雨となりてゐし

死のことは死にて知るべし枯木に日

陽炎にはたらくはうき熊手かな

南無帰命頂礼日の子つくしんぼ

永き日の鶏が砂浴みてをり

あをぞらや木の芽草の芽こゑをあげ

十年を六つも重ねすぐり咲く

孑孒のしやくりばかりして沈む

月見草廃車の山の錆びしまま

岩つばめ日暮は空を切り結び

茶を招ばれ未央柳の金剛寺

涼しさの高度を夜間飛行の灯

花結ぶ稲に賢治の夜空あり

山越えのむかし盆花摘みの路

花野来て黒累々と溶岩地帯

蜻蛉の浮力がほしい焼走

霧は白き闇岩を踏み外すまじ

大霞

佳き景のことにも雪の上の橋

兄今に在らば七十くるみ餅

冬の鵙ものの書いて些事滞り

雪掻きの一服を入れまだ半分

雪晴のイーハトーブの臍に住む

幸不幸二つにたたみ春を待つ

嫁ぐ子の白木蓮を仰ぎゐる

巣籠りの鴉の夜ごと小さく鳴く

大霞海辺の寺に茶を貰ひ

空梅雨の鴉の情緒不安定

鳴く筈のなき蝦夷蟬が庭に鳴く

夏蓬詮なく猫を葬りたる

風騒のなか山梨の大きな木

丸太四本渡して橋や豊の秋

コスモス一輪水に放てば遡る

狐の茶袋踏んでうしろに二重虹

盲ぶだう目玉濡らして来る鬼に

田村麻呂思へばさるとりいばらの実

小鳥来て天《あめの》鈿《うず》女《めの》命《みこと》かな

火恋しや昔は火《ひ》熨《の》斗《し》つかはれて

臍の緒のまだある南瓜蔓の枯

どこか恥かしさう菰巻きの松の腰

納豆や藁苞の紐ほどかれて

松脂は松のかさぶた寒に入る

雪女消え切株の雪も消ゆ

日脚伸ぶ街に光の川流れ

楸邨の句碑やぐるりの大霞

磨崖仏かげろふ責めに遭うてゐし

飛び飛びの梅に海光仙石線

湾に向く椿つやつや鬼房亡し

鬼房を悼めば湾に春オリオン

夏来たる川に大きな鰍《かじか》の頭

注連廻すいはほに巨木女梅雨

書かざればきのふも忘れ柿の花

夏霞父の美林を兄が継ぎ

黒揚羽郵便受の前を二度

捩花の捩れを忘れたるもあり

よく笑ふ妻よカサブランカを咲かせ

藁屋根の朽ちて崩れず韮の花

妻一夜留守の鈴虫しぐれかな

ほむら

一日は須臾みのむしを見たるのみ

降りはじめからのべた雪草かくす

山眠る川音天に還らせて

同齢者みまかれり雪激しき日

いかな色ならむ冬眠の蟇の夢

吾が美学母郷の土手の菫から

鳥帰る人には敲く門のあり

針の鋭き若き針桐芽吹きけり

反りたかき城の石垣花万朶

砂浴みの雀とチャグチャグ馬コ待つ

馬まつり天も降りたき雨押へ

百頭の御練りの馬コ田に映ゆる

馬コ百大路とよもす鈴鳴輪

手綱なく蹤いてチャグチャグ馬コの仔

釣具屋のいつもの場所に鰻の筌

今日七度泳ぎて無事や尻子玉

狐の剃刀天変も地異もあり

天帝のやうやくの笑み秋深む

たたなはる中の紅葉の錣《しころ》山

枯蔓の先昼月に引つかかり

急ぐものから手をつけて十二月

吾が内に鬼あり鬼も年を越す

針の目も通る明るさ雪明り

吹雪く夜の鬼哭啾々家つつむ
花を挙ぐ石割桜腰くびれ
朴は芽をこぞり光太郎忌の近し
豆を蒔く穴一つづつ軽く踏み
老人と泥鰌が話してゐたり
逃げ水は一本足の傘お化け

吹いてゆく風の先々には菫
春ですねいい風ですね木瘤たち
なほ遠くまで一片の飛花の旅
来る筈の乗つ込み鮒を迎へる田
この沼の主の縞蛭ひらべつた
治水以後葭切沓として知れず

折りも折りにて斑猫に蹤いてゆく

密教のほむらが麦の種の中

さて参りませうか狐雨に虹

今日のためお山は晴れて馬祭

向日葵やコペルニクスの夜が回り

稿半ばがらんぼを外につまみ出す

照空句碑祝ぐ蜩も天に鳴き

芋の露木魚の音のまだつづき

七つ森一つは見えず秋しぐれ

里山は父のふところ秋日和

黄落や鈴のころんと鳴る茶房

黄落裡とある茶房のノブを押す

椋鳥の枯木に生つてゐる時間

寒木の気骨映してゐる鏡

降り出して早鐘のごと牡丹雪

すぐそこに海溝のあり雪蒼し

雀らも日溜りが好き冬はこべ

名草の芽一行の詩の芽も出でよ

野のすみれ郷関の語もすでに古り

南部富士青一天に抜けて夏

パンジーやつぎつぎに来る美し風

京都駅八条口の大夕立

天網やひるがほに雨配られて

広島忌水を斜めに風走り

秋天やからからと鳴る磯の石

一瑕なき物産展の大南瓜

星月夜列車がレール叩きゆき

両手

蓑虫の夕日にくすくす笑ひせり

凍大根眩しや赫と朝日差し

雪ふかし墓群は頭のみを見せ

四温光北東北に戻る笑み

ざらめ雪ずつしり光増す野面

蝌蚪の紐しんかんと空あるばかり

春昼の鼠をなぶりをりし猫

身体のすべてが元素逃水も

腐葉土の匂ひがむつと春の山

成すことの遅れてばかり竹酔日

くるりくるりと流線の青蜥蜴

夏つばめ老人も村捨てにけり

毛虫一匹青空間にぶら下り

捩花に青天井と湖の風

夏の月草に翅あるもの宿り

蜘蛛の囲のまだ一塵もおかぬ張り

竜胆や発電風車十号機

孤影もて大小の山秋没日

指差され見てがいもの絮の旅

湯婆を早目に入れておきくれし

暁闇の雪の白さにはつとせり

雪女消えほかほかと切株は

また知らぬ猫になつかれ春の昼

白熊の氷下をゆけり華のごと

さよならの三月石を軽く蹴り

切株の樹液の赤くなる日永

悼・椛澤田人さん

明易く明けて君亡きこと犇と

見はるかす限り笹山篠の子よ

頼みごと適ふべく聞き螢の夜

列島の惨禍台風曲がり来る

秋水の石あれば石なだめ行く

黄釣舟小流れ海をこころざす

屋根塗りの足場を組んで天高し

蹴飛ばしてこれや真つ赤な朴の実ぞ

蟷螂の卵の高みいかな冬

とろとろと死は小春日のやうに来る

月光のあまねきところ浮寝鳥

雪嶺の照りをひがしに嬰育つ

しらじらと月結氷湖雪原湖

寒芹の白房の根の揃へらる

白鳥の射るやうな眼を怖れけり

名草の芽人に詩となる言葉の芽

風もやはらか清明の外仕事

吾がことの慶事が記事に昭和の日

種山ヶ原あまた春蟬鳴くことよ

矢車や這ひ這ひの児に歯が二本

都忘れ吾もこの地に骨埋む

忘れもの探してをれば白雨かな

甚平の児よ笑ひてもぐづりても

夕顔の花新しき夜が来て

奥入瀬の霊気秋水奔らする

日の洩れて谷の妖精とりかぶと

秋水のあちら鬣こちらは帆

洲に拾ふ軽石秋の温みもつ

鳥獣の入れ替る貌冬泉

下水道工事人骨も出でて冬

日の枯木言葉のやうに耀やかに

具の多き味噌汁寒も明けにけり

千六本庭に筵を用意せり

座禅草いつか大悟を得るために

太陽の真正面を剪定す

雪形の巨き翼をひろげたり

妻が揉みをり薇の二筵

小蚯蚓の褥の堆肥熟れてをり

雲白く植田はすでに根付きたる

神の意のほのかな金をでむしは

蟻地獄地球が朝を連れて来て

稲光また稲光眠るまで

人の顔明るし鮭の来る街は

鳴き継ぎの分からぬやうに蚯蚓鳴く

台風圏苦悶の相に木は揺れて

恍惚と夕日に染まりゐる冬木

白鳥の押し退けて餌は貰はざる

枯れ切つて日の粒屁糞葛の実

三陸の海大鷲の滑翔し

枕辺のコップの水も凍る夜ぞ

星空のかぶさつてゐる氷湖かな

牛飼も牛も遠目し春を待つ

冬椿崖の真下は濤の牙

二月かな火が鉄瓶の尻舐り

山荘の硬き炉ほぐし連翹忌

牡蠣若布津浪の傷を漁師らは

日がひたと来て接骨木《にはとこ》のふつくら芽

蜘蛛の巣の雨滴万象映しけり

初郭公しばらく鍬の柄に両手

明易し妻山行きのメモをおき

さつぱりとにこにことして生御霊

土砂降りを衝きて棚行二日目も

盆踊りわが作詞せる唄流れ

天鼓ならば激しきもよし稲育つ

幼な子の声が秋気を呼びにけり

芋茎干す匂ひがほのと寝間にまで

しのび寄るものに秋冷机辺にも

解説　花巻の地で「広大無辺な慈悲」を口伝《くでん》する人
——大畑善昭句集『一樹』に寄せて

鈴木　比佐雄

1

俳句結社「沖」の重鎮である大畑善昭氏が住職を務める真言宗自性院は、新幹線新花巻駅から十五分ほどの場所にあり、北上川や宮沢賢治の作品に出てくるイギリス海岸などもそんなに遠くない。お寺には私の高校時代の恩師で「沖」の創始者の能村登四郎先生の句碑がある。「早池峯の雪かがよへり朝ざくら」の句碑があることから大畑善昭氏と能村先生との関係が特別な関係であったことが分かる。また高校の先輩であり現在の「沖」の主宰である能村研三氏もまた大畑氏の自性院には東北への一人吟行の際にはよく立ち寄ったと聞いている。私も最近は花巻や盛岡に用事のある際に自性院に顔を出して大畑氏と交流をさせて頂いている。そのような大畑氏が句集『一樹』と評論集『俳句の轍』を同時に刊行することとなった。私が句集『一樹』について解説文を書かせて頂くことはとても光栄なことだ。その前に第一句集『早池峯』について触れておきたい。

大畑善昭氏の第一句集『早池峯』は、今から四十年前の一九七九年に刊行された。四五〇句が収録されて序文は能村先生が書いている。その冒頭で大畑氏との出会いや再会の運命的な絆を伝え、その風貌をさりげなく次のように書き残している。大畑氏を紹介するには最適な文章と思われるので、少し長いが引用してみる。

大畑善昭さんの句集の序文を書くことができるのが何よりも嬉しい。今でこそ大畑善昭は「沖」の主要同人で私の愛弟子のひとりであるがその出会を考えると前世からの絆がつづいていたようなそんな運命的なものを感じる。

私が主宰誌「沖」を発刊しようとしたとき、結社に属していないで将来を期待できるような頼もしい青年作家はいないものかと物色した時すぐ彼のことが頭に浮んだ。彼は市川で毎年催す文化の日の俳句大会によく出て来て幹事の仕事などを気持よく引き受けて実に正確に几帳面にやってくれた。そんな印象があるだけで私は彼と一度も対で口をきいたことがなかった。小柄で色白で眼鏡の中から聡明らしい澄んだ眼が見える、それが妙に心に焼きついていた。

私は創刊の仕事に奔走してくれた河口仁志君に彼に呼びかけてくれるように頼んだが、半月ほどして彼は平井にいたようでしたがどうも今は消息が分らないようですという答えが返ってきた。私は軽い失望を感じたが、所詮縁がなかったものと諦めて小数の気の合った人達でささやかな創刊号を出した。それから三ヶ月たったある日私は大畑善昭の名のある分厚い手紙を貰った。住所を見ると京都智積院とあった。私は彼がどうして京都のお寺にいるのかいぶかしく思いながら読むと、「思うことあって昨年からこの寺で僧の修行をしています。先生が「沖」を出されたことは京都の本屋で本を見て知りました。是非参加させていただきます」と書いてあった。私は自分の思いが彼の心に達した不思議を喜びながらも、丁度雪のある頃だったので積雪の中の托鉢や、底冷えの京の夜、素足で作務をする姿を思いうかべて、その寒さや痛みを私の身に感じたいとすら思った。

頭を剃つて風のまつはる裸木ばかり　　善昭

そんな句が添えてあった。私は「出家とその弟子」に出てくる唯円を彼の風貌から感じた。

京都から岩手の寺に移るとき、すっかり僧侶らしくなって私の宅に訪れた。どちらかといえば華奢だった体はきびしい修行によって逞ましさを加えたが色白な頬と明晢な瞳だけは昔以上に澄んで見えた。

能村先生が水原秋櫻子の「馬酔木」から独立をすることを促したのは石田波郷の勧めがあったと言われている。能村先生が「沖」を創刊する時に「結社に属していないで将来を期待できるような頼もしい青年作家」として真っ先に脳裏に浮かんだのが大畑氏であったことは、これ以上の絆はないだろう。また「丁度雪のある頃だったので積雪の中の托鉢や、底冷えの京の夜、素足で作務をする姿を思いうかべて、その寒さや痛みを私の身に感じたいとすら思った。」という大畑氏を思いやる筆致は、深い師弟愛を感じさせてくれる。これほどの運命的で理想的な師弟関係は滅多にないだろう。能村先生が「前世からの絆」と語るのも頷ける。序の最後に「どこか雪に埋もれた根っ子のような素朴な根強さがありそれが年々深まっていくように見えるのは雪国の地に土着していく決意によるものであろうか。」と語っている。この「雪に埋もれた根っ子のような素朴な根強さ」や「雪国の地に土着していく決意」が本物であり、尊いものであることを能村先生は誰よりも早く洞察していたのだと思われる。『早池峯』から十二句ほど引用してみる。

冬の庭掃くや身の透くところまで
忘恩や冬沼に陽を溢れしめ
奥羽嶺にまだ白きもの桐咲けり
半農半僧夕映は桐の花の色
耐へて修羅冬の終りの田の明り
冬川の音の一つに師の声いま
早池峯の光まぶしみ零余子落つ
奥羽北上この冬麗の一壺天
仏飯を盛る杉山の四温光
玉かぎる師の句碑若葉明りにて

卯の花の白のらんまん陀羅尼経
燕やこの黒で行くほかはなし

これらの句を読んでいると、「身が透く」ように修行し、「陽」の光に恩を想起し、「奥羽嶺」の雪と花を愛で、「修羅」の内面を「田の明り」で照らし出し、「冬川の音」に「師の声」を聞き、「早池峯の光」の恵みを「零余子」に感じ、「奥羽北上」する冬の美しさを別次元のものだと認識し、「仏飯を盛る」行為を「四温光」と受け止め、「師の句碑」に希望の光を見出し、「卯の花の白」さに経典を読み続ける楽しみを見いだし、そして僧の「黒」の衣に「決意」を語らせている。能村先生は大畑氏の仏教的な精神性の高さや東北に根付いた力強さに誰よりも期待を抱いていたのだろう。

2

今回、刊行された句集『一樹』は一九七八年から二〇一〇年の三十二年間の四千句以上から選ばれた一八七二句が収録されている。四章に分かれていて、一章「口伝　昭和五十三年～平成元年」、二章「千古　平成二年～平成八年」、三章「火脈　平成九年～平成二十二年」、四章「泥岩帯　平成二年～平成二十二年（同人誌「草笛」より）」から成っている。

大畑氏は京都で修業を終えて、花巻の真言宗自性院に住み着き僧侶としての務めを果たし始める。と同時に能村登四郎主宰の「沖」の同人として俳句を生涯の仕事として再開する。その時の思いは、例えば芭蕉が「おくのほそ道」で「そゞろ神」に促されて奥羽路に向かうかのような思いがあったのではないか。ただ異なるのは、芭蕉には曽良という同伴者がいて奥羽路の後には越後路に向かい、五年後に「おくのほそ道」を完成させて他界した。しかし大畑氏は奥羽路の花巻で定住をしてしまうことになるが、その同伴者は「沖」の能村先生であったのであり、また妻や家族であり、檀家の人びとであったのかも知れない。定住という暮らしの中で四季の円環する時間の旅が始まり、僧侶としての輪廻の時間の中で地域の人びとと交流し、俳句を通して多様な漂泊の思いを自らにも課して行こうと願ったのではないか。そんな意味で花巻の厳しい自然の中で生きている人びとに寄り添い、生誕から死へ向かう旅を見届ける僧侶という同伴者であろうと願い、「一樹」でありながらも多くの人びとと共につながって行こうと考えてそれを実践してきたのかも知れない。ある意味で「一樹」とは芭蕉や西行や能村登四郎のような文芸の精神や「そゞろ神」に魅せられて生涯その道を一筋に歩んだ作家たちを指しているのだろう。また大畑氏もそれらの先達を目指して、僧侶として空海による真言宗智山派の「大日如来の広大無辺な慈悲」を根幹に内在させて、独自な「一樹」の歩みをしてこられたのだと思われる。大畑氏の句に見られる北国の光景そのものが浄土であるかのような暖かな視線や、仏教用語や念仏を織り込んでいる句には、「一樹」としての「広大無辺な慈悲」を濃厚に感じさせてくれる。それが大畑氏の俳句の魅力的な特徴だろう。

3

一章「口伝《くでん》」は「稲架の脚、思惟仏、田植寒、猟期、ひつじぐさ、一樹、長手紙、山ざくら、四温光、袋蜘蛛、芒の穂、露太るころ」などの小タイトルで年ごとに分かれている。小タイトルの言葉を含んだ〈口伝かなあの蜩の反復は〉では、大畑氏が花巻の山河や東北の自然の様々な存在やそこで生きている人びとから受け取ったものを自らが「口伝」するのだという思いが伝わってくる。

「稲架の脚」の〈山里の南無仏与仏蕎麦刈られ〉では、山里の蕎麦を刈る農民の作業音から仏の慈愛の精神を説くお経の響きを感じてしまうのだろう。

「思惟仏」の〈この冬の雪の少なに思惟仏〉では、例年では考える暇もないくらいに雪下ろしで忙しいのだろうが、今年は雪が少なく仏様も考える時間が増えたと呟く。

「田植寒」の〈塗箸の先を湯に入れ田植寒〉では、「田植寒」という季語を使うのは、塗箸を湯に入れたいほどの東北ゆえの気候の厳しさだろう。

「猟期」の〈猟期にて血をもつものら狙はるる〉では、「血をもつものら」の業の深さがいつか自分に返ってくることを暗示しているかのようだ。

「ひつじぐさ」の〈ひつじぐさ二日眠りて母逝きぬ〉では、水面に咲く睡蓮の一種のひつじぐさは高貴な白い花であり、眠るように亡くなっていった母を偲んでいる。

「一樹」の〈あをざめし一樹が毛虫殖やしをり〉と〈稲妻の抱きすくめたる朴一樹〉では、句集のタイトルにもなった「一樹」が、将来蝶や蛾になるだろう毛虫の命を養い、また怖ろしい稲妻を「抱きすくめる」ような度量をもつものとして記されている。能村先生は自宅の朴の木を愛し、自らに擬していたところがあった。この「朴一樹」は能村先生の暗喩なのかも知れない。「あをざめし一樹」とは西行や芭蕉のような後世に影響を与え続けている作家たちを意味しているのかも知れない。

「長手紙」の〈逝けるとは知らで霜夜を長手紙〉では、親しい友へ語り掛けるように「長手紙」を書いていた時間に友は他界してしまった不条理を伝えている。

「山ざくら」の〈叱るより諭せと涅槃像の黙〉では、落ち度を叱るのではなく内面に気付かせる「黙」の効用を告げている。

「四温光」の〈四温光早池峯は白つくしけり〉では、春の暖かい日が続いても、早池峯はいつまでも雪の白さに包まれている。

「袋蜘蛛」の〈西行の摺り足が見ゆ山帰来〉では、芭蕉の五百年前に遠縁の奥州藤原氏を訪ねて平泉を訪ねた「西行の摺り足」が見えてきて、自らもその後継者の一人でありたいとの願いを告げている。

「芒の穂」の〈奥羽嶺の午後は暗しと芒の穂〉では、みちのくの奥羽路の嶺はなぜ物悲しく暮れやすいのだろうと芒の穂を眺めながら呟く。

「露太るこゑ」の〈露太るこゑ師の声と思ひけり〉では、「露太るこゑ」は自然や世界の本質が零れ落ちてくる声なのかも知れない。それは大畑氏をいつも叱咤激励する能村登四郎という「師の声」であり、最も深いところから湧き上がってくる真実の声なのだろう。

一章「口伝」に続く、二章「千古」の〈桐咲いて天に羽音や師の来る日〉や〈知らぬ間に鵙の巣立ちし一樹あり〉、三章「火脈」の〈来世また登四郎の弟子冬霞〉や〈陸近く鯨の泳ぎ空海忌〉、四章「泥岩帯」の〈龍太登四郎ことに朧の鬼房氏〉や〈病者らの癒えよ癒えよと冬の星〉や〈雪晴のイーハトーブの臍に住む〉などには、新たな展開がその深みと広がりを増して読者に迫ってくる。そんな大畑氏が「一樹」を目指しながら、様々な同伴者の命を「口伝」する試みを読み味わって欲しいと願っている。

あとがき

私が第一句集『早池峯』を上梓したのは昭和五十四年一月であったから、それから四十年もの時間が流れ去ろうとしている。その間私は俳句を作りつづけて来たが句集の方までは手が回らなかった。理由はいろいろあるが、どんなに多忙でも俳句活動をしている人の中では、折々にきちっと句集は出しておられるから、私の場合は手が回らなかった、と言うより怠慢だった、と言うべきであろう。

それで、さて困った、なんとかしなければ、と思っているところへ、折よく私の俳句の師である故能村登四郎先生の市川学園の教え子である鈴木比佐雄氏が訪ねて来られ、句稿の整理から編集、出版まで一切引き受けて下さると言われる。鈴木氏は現役の詩人・評論家でもあるが、文芸関係の出版社である「コールサック社」の代表でもあり、私としてはこんなに有難いことはない。

そこで前句集以後四十年間の八年間分を残して、約四〇〇〇句から選出した一八七二句を一冊に纏めることにした。一冊の句集に一八七二句は多過ぎる、とは思うが、読者の皆さまにはどうかご海容願いたい。

句集の題名は『一樹』とした。一樹を素材とした句が集中六句あるが、私の住持する寺の境内の真ん中に天を摩するような巨大ないちょうの木があり、四季折々鳥たちの社交の場となっており、街の屋並が低いから、少し高い所に立てば遠くからでもこの木が目じるしになる。他にも私は木と対話することが好きなのでこの題名にした。

本句集上梓に当ってはご多忙中の能村研三先生にはご好意溢れる序文をいただき、鈴木比佐雄氏には懇切丁寧な解説をいただいた。また校正は「沖」の仲間の栗坪和子さんに労をとっていただいた。共に併せて感謝の意を申し上げたい。

平成三十年十二月一日

大畑　善昭

略歴

大畑　善昭（おおはた　ぜんしょう）

本名　斎藤善昭

昭和12年（1937年）岩手県生まれ
昭和33年　「俳句文学」入会
昭和37年　俳句文学新人賞
昭和38年　同人誌「草笛」入会
昭和45年　「沖」入会、47年同人
昭和54年　沖賞、同年第一句集『早池峯』（永田書房）
平成2年　「こころの秀作百選シリーズ(5)」能村登四郎篇（東京美術）
平成18年　沖功労賞
平成20年　春の叙勲　瑞宝双光章
平成30年　第二句集『一樹』（コールサック社）
評論集『俳句の轍』（コールサック社）

現在　毎日新聞いわて文園選者、岩手日報カルチャースクール講師、
宮沢賢治生誕祭全国俳句大会実行委員会 委員長、
公益社団法人俳人協会 評議員、僧侶
「沖」同人、「草笛」同人

（現住所）〒025-0072　花巻市四日町2-5-54　自性院

石炭袋

大畑善昭句集『一樹』

2018年12月27日初版発行
著者　　　　　　大畑　善昭
編集・発行者　鈴木比佐雄

発行所　株式会社 コールサック社
〒173-0004　東京都板橋区板橋2-63-4-209
電話 03-5944-3258　FAX 03-5944-3238
suzuki@coal-sack.com　http://www.coal-sack.com
郵便振替　00180-4-741802
印刷管理　（株）コールサック社　製作部

*装丁　奥川はるみ

落丁本・乱丁本はお取り替えいたします。
ISBN978-4-86435-372-4　C1092　￥2000E